I0736494

CORPS Á CORPS

MISTER OCTOBRE

J. KENNER

AUTEURE DE BEST-SELLERS CLASSÉS AU NEW YORK TIMES

DU MÊME AUTEUR

———

Délivre-moi

Possède-moi

Aime-moi

Comble-moi

Prends-moi

Joue mon jeu

Sur tes lèvres

Sur ta peau

À tes pieds

Séduis-moi

Surprends-moi

Retiens-moi

Tout contre toi

Tout pour toi

Protège-moi

Damien

———

Apprivoise-moi

Tente-moi

———

Te désirer

T'enflammer

T'envoûter

En mille éclats

En mémoire de nous

En demi-teinte

———

Droit au cœur - Mister Janvier

Vague à l'âme - Mister Février

Raison d'être - Mister Mars

Coup de sang - Mister Avril

État d'âme - Mister Mai

Droit au but - Mister Juin

Au beau fixe - Mister Juillet

Diable au corps - Mister Août

Cri du cœur - Mister Septembre

Corps à corps - Mister Octobre

État d'esprit - Mister Novembre

Force d'âme… - Mister Décembre

———————

Mon Ange Déchu

Mon Doux Péché

Ma Cruelle Rédemption

———————

Abonnez-vous à la newsletter de l'édition française de JK pour des informations sur les sorties en français, les apparitions en France, et plus encore. (Veuillez noter: la newsletter sera rédigée à l'aide de Google Translate (tout comme cette note), mais tous les livres sont traduits et relus par des professionnels!)

https://www.juliekenner.com/nouveaux-livres/

Qui sera votre Homme du mois ?

Lorsqu'un groupe d'amis à la détermination farouche apprend que son bar préféré risque de fermer ses portes, ils prennent les choses en mains pour faire revenir les clients séduits par la concurrence. Investis d'une énergie vibrante, ils ripostent sous la forme d'épaules larges, de tablettes de chocolat et de torses nus : ceux d'une douzaine d'hommes du coin qu'ils tentent de convaincre, par la douceur et par la force, de participer au concours de l'Homme du mois pour leur grand calendrier.

Mais le sort de leur bar n'est pas le seul enjeu. Au fur et à mesure que la température monte, chacun des hommes va rencontrer sa moitié dans cette série de douze romances sexy et légères que vous ne pourrez pas lâcher jusqu'à la dernière page, sous la plume de J. Kenner, auteure de best-sellers classés par le New York Times.

— Chacun de ces tomes aborde une intrigue qu'on adore retrouver dans les romances — la belle et la bête, le bad boy milliardaire, l'amitié transformée en amour, l'histoire de la seconde chance, le bébé secret et bien plus encore — pour une série qui touche au cœur et à l'âme de la romance. — Carly Phillips, auteure de best-sellers classés par le New York Times

Ne manquez aucun tome de la série pour

savoir à quel homme du mois ira votre préférence !

Droit au cœur - Mister Janvier
Vague à l'âme - Mister Février
Raison d'être - Mister Mars
Coup de sang - Mister Avril
État d'âme - Mister Mai
Droit au but - Mister Juin
Au beau fixe - Mister Juillet
Diable au corps - Mister Août
Cri du cœur - Mister Septembre
Corps à corps - Mister Octobre
État d'esprit - Mister Novembre
Force d'âme... - Mister Décembre

Chaque tome de la série est un roman indépendant qui ne laisse pas le lecteur sur sa faim et se termine toujours bien !

CORPS Á CORPS

Traduit de l'anglais par Esther Dujolier pour Valentin Translation

CHAPITRE UN

— ALORS ? demanda Easton. Qu'en penses-tu ?

Hannah Donovan tourna sur elle-même lentement dans l'aire de réception, au dix-septième étage de la tour de la Bank America, au coin de la 6ᵉ et de Congress. Son futur associé, Easton Wallace, était devant elle, un grand sourire sur son visage à la beauté classique. Derrière lui, Selma Herrington, sa petite amie, rapidement devenue une amie proche d'Hannah, leur tournait le dos dans son petit short et ses cheveux aux pointes bleues, les mains posées sur la fenêtre surplombant la célèbre 6ᵉ Rue d'Austin.

— C'est merveilleux, répondit Hannah, qui avait toujours du mal à croire que tout cela était bien réel.

Cherchaient-ils vraiment un bureau à louer ? Et allaient-ils bel et bien ouvrir leur propre cabinet d'avocats ?

Elle grimaça. Pas la peine de se pincer, elle ne rêvait pas. Après tout, elle avait déjà donné son préavis chez Brandywine Consulting où, jusqu'à hier encore, elle était salariée en tant qu'avocate. Dès qu'elle lui avait annoncé son départ, son salaud de chef lui avait ordonné de prendre ses congés cumulés. Il l'avait pratiquement flanquée à la porte sans lui laisser le temps de faire son pot de départ.

Mais elle ne s'en formalisait pas. Parce que désormais, elle était libre comme l'air. Quoiqu'un peu terrifiée à l'aube de cette nouvelle aventure.

Elle n'avait pas l'argent sur lequel elle comptait pour financer leur petite entreprise. Parce que son ancien patron avait exploité une clause dans son plan de retraite, laissant Hannah avec un fonds de pension bloqué, dans lequel elle ne pouvait pas puiser. Elle pouvait toujours le clôturer pour récupérer l'argent, mais les pénalités étaient si abruptes qu'elle aurait tout juste de quoi acheter du whisky et noyer son chagrin.

Ce qui voulait dire qu'ils cherchaient un fabuleux bureau à louer sans qu'elle puisse apporter sa part dans le capital de départ de leur nouveau cabinet. Ce qui, bien sûr, incluait l'acompte pour la location.

Elle n'avait pas encore partagé ce menu détail avec Easton.

À présent, il la regardait, les sourcils froncés.

— Tu es bien trop silencieuse. Tu ne l'aimes pas ?

Selma se retourna, les yeux écarquillés.

— Bien sûr qu'elle l'adore. Le contraire serait absolument ridicule.

— Bon, eh bien, si ce n'était pas le cas, je ne l'avouerais pas.

Selma, comme d'habitude, haussa simplement les épaules.

— Pour être claire, poursuivit Hannah, je l'adore. J'étais...

Elle s'interrompit d'un air évasif.

— Je n'arrive tout simplement pas à croire que tout arrive si vite.

Ça, c'était l'euphémisme de l'année. Et elle ne savait pas comment annoncer à Easton qu'elle allait devoir gratter une autre source de financement. C'était atroce de le décevoir, d'autant plus que c'était elle qui avait eu l'idée de départ pour leur partenariat.

Non seulement cela, mais elle le connaissait bien, et il était évident qu'il était tombé sous le charme de ces locaux. Elle aussi d'ailleurs. Un simple regard aux alentours, et elle était convaincue que cette suite serait parfaite pour leur petite entreprise. Ils ne trouveraient pas mieux.

C'était à couper le souffle. La suite formait un U qui occupait la moitié du mur est, tout le mur nord ainsi que celui à l'ouest. Le petit espace restant était une zone de stockage pour la banque qui possédait l'immeuble, ce qui signifiait que les employés et les clients de chez Wallace et Donovan Avocats devraient sortir à cet étage.

Des portes vitrées s'ouvraient sur une aire d'accueil du côté est, surplombant la 6e Rue. À côté de la réception se trouvait une grande salle de conférence, avec des murs tout en verre, face au nord et sa vue imprenable sur l'*Hôtel Driskill* classé historique, ainsi qu'un aperçu sur le Capitole du Texas. Grâce à la baie vitrée, la pièce était lumineuse et spacieuse. La salle de conférence était équipée de stores électriques, permettant aux clients et aux avocats de travailler en toute confidentialité si nécessaire.

Les bureaux de leurs futurs associés, quand ils en embaucheraient, s'alignaient au nord et à l'ouest. Ils seraient également utilisés par les assistants. Le coin nord-ouest offrait une vue magnifique sur Congress Avenue, et du coin sud-ouest, on pouvait voir le fleuve au loin. En un mot, c'était incroyable.

— Il n'y a aucun mal à aller vite quand tout va bien, lui dit Easton tout en faisant un clin d'œil à Selma, pensant certainement à leur coup de foudre. Je pense sincèrement que ces locaux sont pour nous. Cette idée est géniale. Cet endroit. Notre cabinet. Toi et moi, en tant qu'associés.

Il s'approcha d'elle et lui fit une accolade, comme lorsqu'il la félicitait quand ils étaient à l'école de droit, chaque fois qu'elle décrochait un A ou qu'elle avait compris un concept un peu compliqué dans leur session d'études.

— J'ai un bon pressentiment depuis que nous avons franchi le cap en décidant de nous lancer. Même ma folle célébrité a joué en notre faveur. Je reçois toutes sortes d'appels de futurs clients qui me demandent de les représenter.

Easton et Selma avaient été surpris le pantalon baissé, ou pour être précis, Selma avait la jupe relevée, il n'y avait pas si longtemps. Le scandale avait ruiné toutes les chances d'Easton de devenir juge, mais en fin de compte, ça lui convenait. Ce qu'il voulait réellement faire, c'était exercer sa profession d'avocat. Il avait donc retiré son nom de la course et avait accepté la proposition d'Hannah qu'ils quittent tous les deux leur emploi pour ouvrir leur cabinet. Une proposition parfaitement viable quand elle l'avait faite, avant ces derniers rebondissements.

— J'ai un bon pressentiment aussi, lui assura-t-elle. Je te jure que je ne veux pas me retirer.

Elle ne lui ferait jamais ça. C'était trop important, pour lui comme pour elle. Le cabinet était leur avenir. En plus, il représentait le genre de carrière dont elle rêvait. Un cabinet dynamique avec du travail intéressant et un associé en qui elle avait confiance. Elle aimait le personnel à son ancien travail, et ça lui manquerait de ne pas voir ses amis tous les jours, mais elle commençait à dépérir dans cet environnement et elle s'ennuyait à mourir.

Son poste chez Brandywine Finance and Consulting était son deuxième. Le premier était dans un cabinet juridique gigantesque, où elle avait travaillé pendant des années sur des dossiers si tentaculaires qu'elle n'en appréhendait qu'un seul aspect, incapable d'aborder la totalité du contentieux.

Une partie du travail était intéressant, mais elle avait peu de contacts avec les clients et encore moins avec la stratégie générale. Elle savait qu'elle faisait sa part, mais au bout d'un moment, elle en avait eu assez. Alors, elle avait accepté le poste chez Brandywine.

C'était mieux pendant un temps, mais rapidement, ses tâches étaient devenues machinales et elle n'y allait plus que pour la paie, non parce qu'elle aimait ce qu'elle faisait. Elle avait réalisé presque trop tard combien elle voulait être sur le terrain et traiter de véritables sujets. Rédiger des dossiers détaillés et discuter de points juridiques concrets. Fonder son cabinet et se bâtir une réputation.

Heureusement, Easton voulait la même chose.

Elle avait perdu du temps, car la plupart des avocats de son âge avaient déjà une poignée de clients dans la poche. Ce qui voulait dire que, si elle voulait faire de cette entreprise un succès, elle allait devoir y mettre toute sa concentration et son énergie, afin de s'assurer qu'Easton et elle réussissent.

— Je sais que tu ne te rétractes pas, répondit-il. Mais nous devons boucler tout ça. Si nous prenons trop notre temps, quelqu'un va nous le faucher sous le nez. J'ai pu être le premier à le visiter parce que le type qui gère les locations me devait un service. Il nous réserve la primeur seulement jusqu'à lundi matin. Après, nous ne serons plus les seuls intéressés. Et puis, plus vite nous aurons des locaux, plus vite nous pourrons recevoir nos clients.

Hannah tourna lentement sur elle-même, réfléchissant en même temps qu'elle admirait les lieux. Bien sûr, elle adorait cet endroit.

— Les clients seront impressionnés en arrivant ici.

Ce bureau avait certainement accueilli un ancien cabinet d'avocats, car ils avaient laissé une bibliothèque juridique derrière eux, une pièce spacieuse avec toutes les ressources nécessaires.

— Tu pourras même choisir ton bureau, lui dit Easton. Vue sur le Capitole ou le fleuve. Pas de courte paille.

— Vraiment ?

Elle lança un regard rapide à son ami.

— Bien sûr que tu as le premier choix. Sans toi, ça ne se serait jamais fait.

Son estomac dégringola. Parce que, même avec elle,

il se pourrait que le projet tombe à l'eau. Sauf si elle arrivait à apporter sa contribution financière.

Elle prit une inspiration pour trouver le courage de dire la vérité, aussi dure et froide qu'elle soit, quand Selma laissa tomber les mains le long de son corps et revint en sautillant vers Easton, avec la vivacité dont elle avait le secret.

— Je l'adore, mais chéri, est-ce que tu peux te le permettre ?

— *Nous*, la corrigea-t-il en souriant à Hannah, caressant la lèvre inférieure de Selma avant de l'attirer près de lui. Bien sûr que nous le pouvons ? Non ?

— Absolument, renchérit-elle en leur renvoyant leur sourire.

Elle était fière que sa voix ne flanche pas. Parce qu'elle allait trouver un moyen.

— Nous serions fous de ne pas saisir cette chance, ajouta-t-elle, autant pour leur montrer son enthousiasme que pour se convaincre.

Parce que ça n'aurait pas de sens de laisser passer une telle affaire. Surtout quand la seule chose qui coinçait était cette bête question d'argent.

Au moins, la location proposait un délai de rétractation de deux semaines, du moins, c'était ce qu'Easton avait dit. Ce qui signifiait qu'elle avait une quinzaine pour trouver l'argent ou cracher le morceau à Easton.

Elle pourrait certainement trouver quelque chose.

Après tout, elle n'était pas totalement sans ressources. Il y avait toujours sa mère et l'argent qu'elle appelait le « fonds Hannah ». Il n'était pas disponible, certes, mais elle pourrait peut-être changer cela.

Elle se demandait comment aborder la question avec sa mère et, plus important, son beau-père, quand elle sentit le regard de Selma sur elle. Elle leva la tête et perçut une lueur de curiosité dans les yeux de Selma, avant qu'elle ne se tourne vers Easton pour le pousser un peu.

— Bon, allez, ouste. Va-t'en. Va faire tes affaires d'hommes.

Il écarquilla les yeux et ses lèvres trahirent son amusement.

— Tu essaies de te débarrasser de moi ?

— Hmm, évidemment. Hannah et moi, on a des projets, annonça-t-elle.

Première nouvelle.

— On va boire des cocktails et reluquer des hommes sexy. Ou des femmes, ajouta-t-elle en jetant un regard à Hannah. Si tu préfères.

Elle leva une épaule, réprimant un sourire.

— Les deux me vont.

Selma éclata de rire alors qu'Easton arquait un sourcil.

— Juste *reluquer* ?

— Ne t'inquiète pas, le rassura Selma. Avec les autres, je touche avec les yeux.

Elle se colla à lui, entourant sa taille de ses bras.

— Parfois, ça rend le contact beaucoup plus amusant. Au cas où tu en aurais besoin, je te donne un aperçu. Pour que tu te rappelles pourquoi tu rentres à la maison près de moi chaque soir.

Elle l'embrassa, d'une manière si sensuelle, érotique et vibrante qu'Hannah commença à avoir l'impression d'être tombée dans le terrier du lapin blanc, dans une version interdite aux moins de 18 ans.

Quand Selma empoigna les fesses d'Easton, elle se dit qu'il était grand temps de mettre fin au spectacle.

— Oh, là, là, vous deux. Il y a des hôtels pour ça.

Alors que Selma se dégageait d'un air contrit, Easton étendit les mains pour montrer le vaste espace d'accueil.

— Un hôtel ? répéta-t-il. Ce n'est pas un local à louer ici, justement ?

Hannah posa une main sur sa hanche et inclina la tête.

— Les parties de jambes en l'air seront interdites dans notre cabinet. D'autant plus que l'un de nous deux n'a pas de partenaire pour ça.

Hannah était célibataire depuis plus de six mois maintenant, et pas la moindre petite aventure à l'horizon.

Malheureusement, cet état de fait n'était pas près de changer. C'était d'autant plus regrettable qu'un petit ami bien sous tous rapports, avec un statut social et de bonnes dispositions, aurait été un excellent moyen de résoudre sa crise financière.

Et honnêtement, les avantages en nature lui manquaient aussi.

CHAPITRE DEUX

— PLUS DE SIX MOIS ?

Selma avait l'air si choquée qu'Hannah se sentit rougir et eut envie de disparaître.

Les deux jeunes femmes étaient assises à une table pour deux du *Fix*, l'un des bars les plus populaires d'Austin. C'est Selma qui lui avait proposé de venir, ce soir-là. Hannah avait accepté volontiers. Elle aimait venir dans ce bar pour l'ambiance, mais également parce qu'il serait peut-être bientôt – elle l'espérait – à seulement quelques pâtés de maisons de son nouveau bureau. Quant à Selma, elle y avait ses entrées, car c'était sa société, Distillerie Molosse d'Austin, qui fournissait le bar en spiritueux.

Selma avait commandé un whisky, et Hannah une Corona arrangée.

— Six mois ! répéta Selma après avoir bu une gorgée de whisky. T'es sérieuse ?

— Ce n'est pas non plus toute une vie, rétorqua Hannah qui n'avait pas encore touché à sa Corona.

— Ça, c'est toi qui le dis...

— C'est juste que je n'ai pas encore rencontré la bonne personne, et puis, j'en ai marre de draguer, de rencontrer, pour ensuite me demander si l'autre va me rappeler...

— Je comprends, admit Selma. Mais bon, ça n'empêche que c'est un peu bizarre...

— Qu'est-ce qui est bizarre ? demanda Hannah, interloquée.

— Toi. Dans ce cabinet d'avocats..., répondit Selma. Je ne te connais peut-être pas aussi bien qu'Easton, mais je vois bien que tu es en train de t'éteindre.

— Ah bon ? Carrément ! rit Hannah. Peut-être que tu as raison...

— Hannah, reprit Selma d'une voix posée, presque maternelle. Dis-moi ! Qu'est-ce qu'il se passe ?

C'était l'une des choses qu'Hannah avait tout de suite appréciées chez Selma, la première fois qu'elles s'étaient rencontrées – cette manière qu'elle avait d'être directe sans agressivité. Elle disait ce qu'elle avait à dire, et elle pensait ce qu'elle disait, mais sans jamais heurter. Elle était tout simplement elle-même et Hannah trouvait cela très rafraîchissant.

Même si, ce soir-là, elle trouvait cela plutôt déconcertant.

— Et je te préviens, je ne te lâcherai pas tant que tu ne m'auras pas répondu ! déclara Selma avec un large sourire. Allez, dis-moi..., insista-t-elle en posant sa main chaleureuse et rassurante sur celle d'Hannah. Si c'est parce que tu as peur que je le répète à Easton, fais-moi confiance, je serai une tombe ! En tout cas, si tu ne veux pas me le dire à moi, il faut que tu te confies à quelqu'un d'autre. Je vois bien que quelque chose te tracasse...

Un instant, Hannah faillit répondre qu'en effet, il valait mieux qu'elle parle à quelqu'un d'autre qu'elle. Mais elle se ravisa. Après tout, Selma l'écoutait, et Hannah savait qu'elle comprendrait. Elle avait les idées tellement larges que rien ne l'offusquait jamais, et elle trouvait toujours une solution à chaque problème. C'était la confidente idéale.

— Très bien, commença Hannah. En fait, j'ai un petit problème de trésorerie...

— Je m'en doutais un peu, pour tout te dire, répondit Selma en s'appuyant sur le dossier de sa chaise. Qu'est-ce qu'il t'arrive ?

Une fois de plus, Hannah fut tentée de balayer le sujet. Elle détestait parler d'argent – surtout du manque d'argent ! Mais éluder la question ne ferait qu'empirer sa situation. Mieux valait tout déballer...

— C'est ma faute. Je pensais pouvoir prendre sur

mon compte épargne-retraite, pour ma part du capital d'exploitation qu'Easton et moi devons constituer...

— Oui, oui, je vois..., répondit Selma. Et, donc, tu ne peux pas ?

— Je t'ai déjà dit que mon ancien patron était un con ?

— Une fois ou deux, oui ! répondit Selma en riant.

— Eh bien, si j'avais attendu encore quelques semaines pour arrêter, j'aurais pu. Mais comme il ne me l'a pas dit, j'ai quitté la boîte sans faire attention à ce détail, et il se trouve que je ne peux pas avoir accès à mon compte épargne-retraite... En tout cas, pas avant ma retraite. Et je suppose qu'Easton ne voudra pas attendre si longtemps.

— Et tu n'as pas d'autre argent de côté ?

— J'en avais, mais j'ai acheté mon appartement et ma voiture. Je suis à sec, conclut Hannah.

— Tu ne peux pas demander un prêt à ta banque ?

— Non, répondit Hannah d'un air dépité. J'ai dû faire pas mal de travaux dans mon appartement ; il était complètement insalubre. J'ai donc fait un prêt pour payer les réparations et les rénovations.

Elle but une gorgée de Corona arrangée.

— Je ne sais pas comment je vais faire, soupira-t-elle. Mais je ne veux pas passer à côté de cette opportunité de devenir associée du cabinet. Et je ne veux vraiment pas laisser tomber Easton.

L'idée de décevoir son meilleur ami lui était insupportable. En plus, elle savait qu'Easton comptait sur la reprise de ce cabinet autant qu'elle. Ni lui ni elle n'avait de travail, et ce cabinet était la chance de leur vie. Elle ne pouvait pas faire capoter ce projet... Elle devait absolument trouver une solution.

— Je sais que tu vas détester l'idée, mais je pourrais te prêter de l'argent. Ce n'est pas pour me vanter, mais la distillerie a décollé cette année, mes affaires marchent très bien...

— Non, je te remercie, répondit Hannah en secouant la tête. Il ne vaut mieux pas mélanger l'amitié et les questions d'argent.

Selma ne discuta pas le choix de son amie ; elle comprenait sa gêne.

— Mais, dans ce cas, quelles sont tes autres options ?

Hannah prit une inspiration. Elle n'avait qu'une seule autre option. C'était un peu risqué, mais cela valait la peine d'essayer.

— Toi, tu as une idée..., dit Selma en voyant le sourire d'Hannah. Dis-moi, je veux savoir !

— D'accord, d'accord. En fait, il y a longtemps qu'Easton et moi voulions reprendre un cabinet ensemble. Déjà lorsque je travaillais chez Brandywine, j'en avais envie. Je disais à tout le monde que j'aimais mon travail, mais ce n'était absolument pas le cas.

— C'était avant d'avoir ton appartement ?

— Non, j'avais déjà mon appartement, précisa Hannah, et j'avais déjà mon prêt également. Mais, à ce moment-là, mes parents m'avaient dit qu'ils étaient prêts à m'aider si je décidais de me mettre à mon compte.

— *À ce moment-là*, répéta Selma. Ça veut dire qu'ils ne le sont plus ?

— Plus ou moins, répondit Hannah, avant de vider sa Corona et de faire signe au barman de lui en préparer une autre.

Elle adorait ce cocktail : une Corona mélangée à de la tequila, du Cointreau, et du jus de citron. Surtout, cela l'aidait à évoquer les sujets délicats. Sa mère et Ernest, en étaient un...

Selma la regardait fixement, attendant impatiemment la suite de l'histoire. Peut-être qu'elle aurait la solution ? pensa Hannah.

— Easton t'a-t-il déjà parlé de mon père ?

— Euh..., je ne crois pas, non, répondit Selma en fronçant les sourcils.

Elle ne voyait pas où Hannah voulait en venir.

— Il est mort quand j'étais toute petite. Il était flic, et il a été tué lors d'une opération, expliqua Hannah. Cela a été difficile, surtout pour ma mère car, honnêtement, je ne me souviens presque pas de mon père. Après son décès, comme ma mère était femme au foyer, nous n'avions pas beaucoup d'argent. Ma mère a donc décidé de reprendre ses études et elle a fini par travailler comme enseignante. Elle voulait absolument pouvoir me payer l'université.

— C'est courageux…, commenta Selma.

— Oui, ma mère était vraiment incroyable. Mais, du coup, elle est devenue très économe et m'a toujours dit que je devais l'être aussi. C'est pour ça qu'elle m'a encouragée à choisir une carrière lucrative qui me permettrait de bien gagner ma vie. Et elle a placé les cinquante mille dollars de la police d'assurance-vie de mon père sur un compte d'épargne. Elle m'a dit qu'elle avait ouvert ce compte pour moi et qu'elle me donnerait l'argent quand je serais installée, avec un bon travail, et que j'aurais besoin d'un coup de pouce…

Selma regarda son amie avec une confusion évidente.

— Ouais, dit Hannah. Je sais…

— Donc, si tu as la solution, où est le problème ? Il te faut cinquante mille dollars pour le cabinet, et tu as cinquante mille dollars à la banque…

Hannah hésita quelques secondes avant de répondre.

— C'est à cause d'Ernest…

— Qui est Ernest ?

— Mon beau-père. Dès qu'il est entré dans sa vie, ma mère a changé de version. Ce n'était plus mon travail qui comptait, mais ma vie privée. D'un coup, elle s'est mise à me dire que mon père n'aurait pas aimé que je passe mon temps à travailler et que je gaspille ma vie…

— *Que tu gaspilles ta vie ?*

— Oui, c'est ce qu'elle a dit... Donc elle veut bien me donner l'argent, mais seulement quand j'aurais trouvé quelqu'un et que j'aurai une relation stable.

— Incroyable ! s'exclama Selma en riant. Mais pourquoi ? Quelle idée ! On n'est plus au Moyen-Âge !

Hannah haussa les épaules. Elle avait bien une explication, mais cela n'avait pas d'importance. Tout ce qui comptait, c'était de trouver un moyen d'obtenir l'argent de sa mère.

— Donc, en fait, il faut qu'on te trouve un mec, si j'ai bien compris ?

— Mais pas n'importe lequel ! précisa Hannah. Quand j'ai acheté mon appartement, j'étais en couple. Et j'ai dû emprunter de l'argent à la banque pour mes travaux parce que ma mère n'a pas voulu me prêter la somme.

— Mais pourquoi ? Si tu étais en couple...

— Apparemment, elle et Ernest n'aimaient pas la personne avec qui j'étais... « Janet », répondit Hannah avec un clin d'œil. Mais honnêtement, même si Janet s'était appelée Jack, ils auraient trouvé une autre excuse. J'ai l'impression que je n'aurai jamais cet argent. Et c'est frustrant, car je sais que mon père avait pris cette assurance-vie pour moi... Mais il l'a mis au nom de ma mère, et donc je ne peux rien faire...

— Bon, c'est vrai que tu n'es plus avec Janet. Peut-être que tes parents se doutaient que votre relation n'allait pas durer ?

Tiffany, l'une des serveuses, apporta la Corona arrangée.

— Pour la maison ! dit-elle en déposant des tacos au fromage sur la table. Éric m'a dit que vous aviez l'air de parler de choses sérieuses et que vous auriez sûrement besoin de forces !

— On complote ! plaisanta Selma, avec un signe de remerciement à Éric.

— *On complote* ? répéta Hannah après que Tiffany fut partie.

— Oui ! Il faut simplement qu'on te trouve un nouveau mec. Mais tu n'as même pas besoin d'être amoureuse de lui ; il suffit que ta mère et ton beau-père le croient...

— T'as peut-être raison..., dit Hannah.

Elle trouvait l'idée de Selma excellente et ne ressentait même aucune culpabilité à l'idée de berner sa mère et son beau-père. Après tout, Ernest était plein aux as, donc ce n'était pas comme si sa mère avait besoin de cet argent.

Et puis de toute façon, son père aurait voulu qu'elle ait cet argent ; ce n'était donc pas comme si elle le volait...Si elle devait user de stratagèmes pour récupérer ce qui lui appartenait, elle n'hésiterait pas une seconde.

Mais, pour cela, elle avait besoin d'un complice. Or, il n'y avait personne à l'horizon.

— Le problème est que ma seule option pour une fausse relation – qui en était presque une vraie, d'ailleurs – a disparu ! dit Hannah.

— Ah bon ? Mais c'était qui ?

— Easton.

— *Easton* ? répéta Selma, les yeux écarquillés. Mais ça veut dire quoi « c'était presque une vraie relation » ?

— Eh bien, nous sommes associés, non ? répondit Hannah avec un sourire espiègle.

— C'est vrai...

— Mais, de toute façon, même si Easton acceptait de jouer au faux parfait fiancé, ça ne marcherait pas. Ernest vient assez souvent à Austin, et il finirait par vous voir ensemble, Easton et toi. Et je ne crois pas qu'il apprécierait que mon mec me trompe ! conclut-elle avec un clin d'œil.

— En effet... Donc tu as un plan B ?

— Si je veux vraiment rentrer dans ce jeu-là – et je t'assure que je le veux ! – il faut que je trouve quelqu'un de crédible, avec qui je pourrais potentiellement faire ma vie. L'idéal, ce serait que je le trouve avant ce week-end, comme ça je pourrais leur présenter lors de leur anniversaire de mariage. Et puis, une fois que j'aurai l'argent, j'appellerai ma mère en pleurs en lui disant que nous avons finalement rompu.

— Tout cela est très bien, mais donc… qui ? insista Selma.

— Je n'en ai aucune idée, dit Hannah en regardant autour d'elle, l'air dépité. Peut-être que je pourrais l'inventer ? s'exclama-t-elle. Il s'appellerait Jean-Paul. Ce serait un archéologue français qui enseignerait à Stanford. Nous nous serions rencontrés dans un séminaire à Austin, mais il serait parti en longue mission en Afrique. Mais nous serions follement amoureux et nous envisagerions même de nous marier en Provence…

— Je croyais que les avocats mentaient mieux que ça ! plaisanta Selma.

— Tu ne trouves pas ça génial ? Moi je trouve ce Jean Paul parfait !

— Non mais, Hannah, ils ne te croiront jamais ! Pour bien mentir, il faut rester proche de la vérité. Tout le monde sait ça !

— Et qu'est-ce que tu proposes ?

— Laisse-moi faire ! s'exclama Selma avec un large sourire.

CHAPITRE TROIS

— C'EST BIEN, Griff ! encore un et tu bats ton record !

Matthew Herrington encourageait son nouveau client.

— Je te déteste, grogna Griffin, ses bras tremblant alors qu'il poussait la barre de plus en plus haut jusqu'à ce que Matthew l'attrape et l'aide à supporter le poids.

— C'était génial ! déclara Matthew, avec un enthousiasme sincère.

— C'est vrai..., génial ! confirma Selma, depuis l'autre bout de la salle. Tu t'entraînes depuis combien de temps ? demanda-t-elle en s'approchant.

— Pas longtemps, marmonna Griffin en se redressant. Bon, je vais aller prendre une douche, déclara-t-il en se relevant et en mettant la capuche de son sweat sur la tête. Salut, Selma ! lança-t-il en se dirigeant vers les douches.

Dès qu'il entendit la porte du vestiaire se refermer, Matthew se tourna vers sa sœur.

— Mais qu'est-ce qui t'a pris ? s'exclama-t-il, agacé.

— Comment ça ? s'étonna Selma.

— Tu ne vois pas le problème ? Griff était en train de s'entraîner en short et en débardeur !

Pendant un moment, Selma ne comprit pas où son frère voulait en venir. Mais, soudain, elle réalisa.

— Merde, ses cicatrices ! s'exclama-t-elle avec horreur. Je suis vraiment désolée, Matthew. Je n'ai pas fait attention. Je suis tellement habituée à le voir au *Fix* que je n'y ai plus pensé...

— T'es vraiment chiante ! soupira Matthew avec un léger sourire.

Il aurait été incapable de se fâcher contre sa sœur, mais son manque d'empathie le stupéfiait à chaque fois. Elle savait pourtant que Griff était complexé à cause de ses cicatrices, mais c'était comme s'il fallait sans arrêt le lui rappeler...

Matthew était sensible au complexe de Griff. Il savait ce que c'était que d'être observé et moqué par les autres. Lorsqu'il était enfant, on se moquait de lui à cause de son bégaiement. Il avait depuis réglé ce problème de diction, mais cela avait laissé des traces sur ses capacités de lecture. Il était un lecteur lent et avait du mal à lire des romans ou des magazines.

Son truc, en revanche, c'était les maths. Il trouvait les

chiffres simples à manier : il y avait des règles, c'était carré. Pas de problème. Alors que les mots... Ils avaient toujours été pour lui quelque chose de compliqué ; enfants, ils finissaient toujours par se mélanger dans son esprit, si bien que lorsqu'il devait prendre la parole en classe, devant tous les autres élèves, il paniquait, devenait tout rouge, et finissait par bégayer.

Il comprenait donc tout à fait ce que pouvait ressentir Griffin. Certes, il n'avait pas été brûlé au quatrième degré sur toute la moitié de son corps, mais il savait ce que c'était que d'avoir une différence ; quelque chose qui attire le regard sur vous et vous met mal à l'aise.

— Excuse-moi, insista Selma, mortifiée.

— Ça va, t'inquiète..., la rassura Matthew. Mais c'était justement pour lui éviter cette situation que j'avais fermé la porte de la salle à clé.

Matthew était propriétaire d'un centre de fitness, dans lequel il donnait également des séances de coaching sportif. Il donnait ses cours individuels dans une salle privée, mais, parfois, certains clients du centre y entraient par erreur. Il lui arrivait donc de fermer la salle à clé pour éviter ce genre de désagrément, notamment lorsqu'il était avec Griff. Seuls lui et Selma avaient le code qui permettait de verrouiller et déverrouiller la porte ; il l'avait donné à sa sœur pour qu'elle puisse venir s'entraîner tranquillement lorsqu'il n'y était pas, ou qu'il y était seul.

— J'ai cru que c'était toi qui t'entraînais ; je me suis donc permis de rentrer quand même...

Il faillit lui dire qu'elle devait faire un peu plus attention, et respecter davantage son travail, mais il se ravisa. Mieux valait ne pas s'emporter avec Selma ; il le savait...

— Ne t'inquiète pas, je te dis. Griffin est cool. Je suis sûr qu'il a compris que tu n'avais pas fait exprès et que tu ne voulais pas le mettre mal à l'aise...

— Tu veux que j'aille m'excuser auprès de lui ?

— Non, répondit Matthew. Il doit être dans les vestiaires ; ne va pas le déranger. Tu en as assez fait ! lança-t-il avec un clin d'œil. De toute façon, qu'est-ce que tu fais ici à cette heure ? lui demanda-t-il en s'asseyant sur le banc capitonné que Griff avait laissé. Il est neuf heures ; tu devrais être avec Easton... Tout va bien ?

— Tout va très bien, ne t'inquiète pas ! le rassura-t-elle. Je peux te prendre un jus de fruit ? lui demanda-t-elle en se dirigeant vers le réfrigérateur dans le coin la salle. Je lui ai dit que j'avais besoin de te voir, reprit-elle au sujet d'Easton. Il a d'ailleurs dit que tu devrais venir dîner à la maison plus souvent !

— Je vais venir... Ça me fera plaisir de le voir.

Au début, Matthew n'appréciait pas trop Easton. Il le jugeait trop « avocat » à son goût. Mais il avait finalement appris à le connaître et à l'apprécier. Surtout, il était heureux de voir sa sœur heureuse et amoureuse, et il était reconnaissant envers Easton d'avoir su la dompter. Depuis que Selma était avec lui, elle avait une vie plus rangée et s'était défaite de ses habitudes d'éternelle adolescente. Au moins en public..., ce qui n'était déjà pas si mal !

Il lui arrivait cependant parfois de ressentir un brin de jalousie. La vie de couple de Selma lui rappelait son célibat. Il faut dire qu'il ne s'était pas attendu à ce que sa sœur s'engage si vite avec quelqu'un. Depuis toujours, elle disait que d'être attachée à une seule personne l'angoissait. C'était un sentiment que lui aussi ressentait. Cela leur venait probablement de leur enfance : être abandonnés par leur mère dans un centre commercial lorsqu'ils étaient petits ne leur avait pas appris à faire confiance facilement. Pourtant, au contraire de Selma, lui avait toujours rêvé de stabilité, d'une famille, et d'une grande maison – justement pour ne plus se sentir seul et abandonné. Mais c'était finalement sa sœur, qui ne voulait rien de tout cela, qui l'avait trouvé avant lui.

Certes, il n'avait pas à se plaindre. Son centre de fitness marchait bien et il gagnait très bien sa vie. C'était déjà ça... Mais il rêvait d'autre chose. Autre chose qu'il ne savait pas comment obtenir.

— Qu'est-ce que c'est que ce regard ? le taquina-t-elle en revenant vers lui et en lui tendant une canette d'eau de coco. Tu m'en veux toujours d'avoir interrompu ton cours ?

— Non. Pas du tout. Je réfléchissais...

— Ah ! Ça tombe bien ! s'exclama-t-elle avec un large sourire. Si tu as envie de réfléchir, j'ai quelque chose pour toi...

— Annonce la couleur ! rétorqua-t-il, amusé par les idées toujours farfelues de sa sœur.

— Est-ce que tu accepterais de rendre service à Hannah ? demanda-t-elle de but en blanc, en s'asseyant par terre, en tailleur.

— Hannah ? demanda-t-il en fronçant les sourcils.

— Oui, Hannah ! soupira Selma. Tu la connais ! Mon amie avocate ! Elle vient même faire du sport ici, de temps en temps, avec cette fille que nous avions rencontrée au *Fix*, celle qui sort avec Nolan Wood, le mec de la radio...

— Shelby, dit Matthew. Et je vois tout à fait qui est Hannah, mais j'étais juste surpris que tu me demandes de lui rendre un service. Je ne vois pas ce que je pourrais faire...

En réalité, Matthew était ravi que sa sœur lui demande une chose pareille. Non seulement il voyait parfaitement qui était Hannah, mais il ne pensait qu'à Hannah. Son sourire éclatant, son rire envoûtant, ses boucles blondes sauvages, et sa silhouette fine et athlétique... Elle était venue plusieurs fois avec Shelby pour s'entraîner, et il l'avait tout de suite remarquée. Il la trouvait drôle, sexy et intelligente. Il ne savait pas quel service il pouvait lui rendre, mais il savait en revanche déjà qu'il allait accepter. Elle allait enfin faire attention à lui !

— Hé ! Tu m'écoutes ?

La voix de sa sœur le tira de ses pensées, toutes centrées sur Hannah.

— Quoi ? Euh... Oui ! bafouilla-t-il en se relevant. Un service donc ? Mais quel genre de service ?

— Je viens de te le dire, soupira-t-elle. Je savais que tu ne m'écoutais pas.

— Désolé, je...

— Bon, je répète, l'interrompit-elle. Il faudrait que fasses semblant d'être le petit ami d'Hannah pendant quelque temps.

— Quoi ? s'exclama-t-il.

Cette demande lui semblait aussi saugrenue que réjouissante.

— Oui, je sais, c'est bizarre, mais, honnêtement, tu l'aiderais vraiment si tu acceptais.

Il se rassit, passa sa main dans ses cheveux, puis se releva. Il n'arrivait pas à tenir en place, tout comme il n'arrivait pas à déterminer si cette demande était drôle ou pathétique. Même si l'idée de se rapprocher d'Hannah lui semblait attrayante, il avait l'impression que sa sœur essayait de lui tendre un piège.

— Écoute, Selma. Je sais que tu veux bien faire, mais si tu essayes de me caser...

— Pas du tout ! l'interrompit-elle. Ça n'a rien à voir avec toi. Je te le jure ! Elle n'a pas besoin d'un vrai petit ami. Elle a juste besoin de faire croire à ses parents qu'elle est fiancée à un garçon sérieux.

— C'est une blague ? demanda-t-il, estomaqué.

— Non, pourquoi ? Je ne te demande pas non plus la lune !

Il se releva et se mit à faire les cent pas.

— Selma, tu sais que je t'aime infiniment. Mais soit je suis complètement idiot, soit tu te moques de moi, mais, en tout cas, je ne comprends rien à ton histoire !

— Je ne moque pas de toi, Matt ! C'est juste que... comment t'expliquer... ?

— Simplement, avec des mots...

— Bon, okay, fit-elle en expirant, se préparant à une longue explication. En fait, le père d'Hannah avait placé pour elle cinquante mille dollars sur une assurance-vie. Mais il a mis le contrat au nom de la mère d'Hannah, et elle a décidé qu'elle ne donnerait l'argent à sa fille que lorsqu'elle serait en couple avec quelqu'un et heureuse. Voilà... Tu vois, rien de très compliqué, conclut-elle en haussant les épaules.

— En effet, ce n'est pas compliqué, c'est complète-ment cinglé ! s'exclama Matthew. C'est peut-être simple à expliquer, mais je dirais que c'est impossible à mettre en œuvre...

— Oh, allez, insista-t-elle. Je suis sûre que tu ferais ça très bien !

— Et pourquoi c'est toi qui t'occupes de ça ? lui demanda-t-il en la regardant droit dans les yeux.

— Eh bien... Euh... À cause d'Easton.

— Attends, tu peux m'expliquer ? demanda-t-il, les yeux plissés, avec l'impression que sa sœur était totalement folle.

Selma leva les yeux au ciel, comme quand elle était petite et qu'elle était prise en faute, pensa Matthew.

— Hannah est la meilleure amie d'Easton. Ils envisagent d'ouvrir un cabinet d'avocats ensemble. Mais elle est à court d'argent et elle ne peut pas payer sa part du capital initial. Ça te va comme explication ?

— Donc, si je comprends bien, si sa mère ne lui donne pas cet argent, elle peut dire adieu à son association avec Easton ?

— Ce qui serait complètement idiot, pour tout le monde, confirma Selma. Je savais que tu comprendrais ! Donc, tu es d'accord ? lui demanda-t-elle, avec enthousiasme.

— Selma...

— S'il te plaît, Matt... Je te le demande comme une faveur. Tu vas bien faire ça pour ta merveilleuse sœur qui t'aime ? C'est important pour Easton. Après le fiasco au Musée pour enfants...

— Attends, tu ne vas pas me mettre ça sur le dos, en plus ! s'exclama-t-il, les yeux écarquillés. Ce n'est pas moi qui ai été photographié avec ma jupe relevée jusqu'aux oreilles.

— Oh ça va ! Ce n'était pas *si* haut... Et puis nous étions derrière une porte fermée. Ce n'est pas notre faute si les gens ne frappent plus aux portes avant d'entrer, de nos jours ! De toute façon, ce n'est pas la question ! Ce cabinet est important pour Easton. Et pour Hannah aussi ! Et puis, j'ai vu la façon dont tu la regardes... J'ai l'impression que ce ne sera pas ce qu'on peut appeler une torture, pour toi, lui dit-elle avec un clin d'œil et un sourire espiègle.

— C'est le genre de fille qu'on remarque, minimisa Matthew. Mais, honnêtement, ce n'est pas mon type, mentit-il. Et en plus, je ne suis pas sûr d'avoir le profil du gendre idéal...

— Tu es un homme ! Crois-moi, c'est déjà beaucoup ! répondit-elle, sans rentrer dans les détails. Bon, tu es d'accord ?

— Je ne sais pas. Je vais y réfléchir, soupira-t-il, incapable de résister à sa sœur, bien qu'il trouve l'idée complètement loufoque.

Selma sembla si heureuse de sa réponse que

Matthew pensa qu'elle ne lui avait probablement pas tout dit.

— Merci, grand frère. Tu n'imagines pas à quel point tu me rends service...

Matthew commençait déjà à regretter...

CHAPITRE QUATRE

— OKAY ! lança Elena Anderson avant de traverser le bar à toute vitesse jusqu'à la table où Hannah et Selma étaient en train de siroter un punch au Pinot et de grignoter des tacos au fromage.

— Vous avez devant vous la nouvelle employée du « Centre d'Austin pour la conservation et la revitalisation du centre-ville » ! dit-elle avec fierté.

Elena était la fille du propriétaire du *Fix*, Tyree. Elle avait les cheveux courts, les pommettes magnifiquement sculptées, et la peau aussi mate que celle de son père. Et elle arborait, à ce moment-là, le plus large sourire qu'Hannah ait jamais vu.

Hannah ne connaissait pas bien Elena, elle suivit néanmoins l'exemple de Selma, et la félicita en la prenant dans ses bras.

— Merci beaucoup, leur dit Elena, versant du punch

dans le verre vide qu'elle avait amené pour trinquer avec Selma et Hannah. Au début de ma grande carrière ! lança-t-elle en levant son verre.

— Elena veut se lancer dans l'urbanisme, dit Selma à Hannah. Elle commence l'université en octobre.

— J'espère me spécialiser dans la planification urbaine des communautés en croissance, en particulier les villes avec beaucoup d'histoire, comme Georgetown, expliqua Elena, faisant référence à une petite ville située à une cinquantaine de kilomètres au nord d'Austin. Je voudrais réguler et planifier la croissance tout en conservant le caractère des villes, notamment avec une rue principale ou une place historiques. C'est réellement un domaine qui me passionne.

— Ça semble passionnant, en effet, déclara Hannah. Et tu travaillerais dans quel genre de structure après tes études ?

— J'aimerais beaucoup travailler pour un cabinet de conseil national ou fédéral. Bon, mais le Centre d'Austin est un bon début. Je suis vraiment contente d'avoir été embauchée ! En plus, ils m'ont demandé de travailler sur la préservation historique de la rue du *Fix* !

— Je suis vraiment super contente pour toi ! s'enthousiasma Selma.

— C'est grâce à toi ! Je ne sais pas comment te remercier, répondit Elena.

— Ah bon ? Pourquoi ? demanda Hannah.

— Je n'ai vraiment rien fait, répondit Selma en haussant les épaules. Je n'ai fait que dire qu'Elena était une fille géniale.

— Oui, mais, venant de toi, ça compte, intervint Elena. Mme Gonzales t'adore. Elle n'arrête de me parler de ton excellent travail pour la restauration du bâtiment qui abrite la distillerie, et à quel point elle apprécie le fait que tu livres gratuitement des centres sociaux.

— C'est gentil, mais je t'assure que je n'ai fait que dire la vérité...

— Eh bien, dans cas, j'apprécie vraiment, ajouta Elena. Et puis je crois que le fait que mon père soit le propriétaire de cet immeuble a aussi joué en ma faveur. Cet immeuble a toute une histoire, vous savez. Mais bon, je crois que c'est quand même surtout grâce à toi. D'ailleurs, je vous offre la prochaine tournée !

— Si tu me prends par les sentiments, j'accepte volontiers ! plaisanta Selma. Tu vois ? Je trouve des jobs et des fiancés ! lança-t-elle à Hannah avec un clin d'œil. Honnêtement, je pense qu'on peut dire que je suis quand même une sacrée bonne copine !

— Attends... Qu'est-ce que tu viens de dire ? s'étonna Hannah. J'ai bu trop de punch ou tu m'as dit que tu m'avais trouvé un mec ?

— Tu as très bien entendu ! répondit Selma d'un air faussement modeste en frottant ses ongles contre sa poitrine. Je suis géniale ou pas ?

— Tu es plus que géniale ! Tu es incroyable ! s'enthousiasma Hannah. Mais c'est qui ?

— Matthew, mon frère... Qui d'autre ?

— Ton frère ? s'exclama Elena, les yeux écarquillés. Il a accepté de faire semblant d'être fiancé à Hannah ?

— Tu étais au courant ? demanda Hannah à Elena, d'un air faussement outré. Bon, ce n'est pas un grand secret, mais quand même... Je vois qu'on peut compter sur ta discrétion ! lança-t-elle à Selma avec un grand sourire.

— Je ne l'ai dit qu'à Elena, se justifia Selma. Et pour tout vous dire, Matthew est ravi de jouer les petits maris...

— Vraiment ? demanda Hannah, étonnée. Pourtant, ça ne lui ressemble pas du tout...

— Oui, c'est vrai qu'il est plutôt calme et timide, admit Selma d'un air moqueur. Mais il est très serviable !

— C'est le moins que l'on puisse dire, c'est plutôt...

Elle s'interrompit en apercevant Matthew entrer dans le bar, accompagné de Landon Ware, un inspecteur qui sortait avec Taylor, une autre employée du *Fix*. En le regardant s'approcher, Hannah pensa qu'il pourrait en effet être le gendre idéal aux yeux de sa mère et de son beau-père. Il était grand, musclé, avec de larges épaules — on aurait dit un cow-boy, avec ses traits fins et son nez aquilin qui lui donnait un air sophistiqué. Surtout, il était calme et posé ; une manière d'être typiquement texane, comme s'il avait l'habitude de passer de longues journées seul dans un ranch.

Décidément, Selma avait eu une idée merveilleuse ; Hannah était ravie.

— Je vais aller remercier ton frère, lança-t-elle en se levant.

— Non, non, attends ! la retint Selma. Si tu y vas maintenant, il va se sentir obligé d'expliquer la situation à Landon, je le connais, ça va le gêner.

— C'est vrai, je devrais peut-être... Oh ! Attends, il est tout seul. J'y vais vite ! lança-t-elle en se précipitant vers Matthew.

Selma tenta de la retenir, mais c'était trop tard. Hannah était déjà loin, déterminée à dire à son nouveau sauveur à quel point elle lui était reconnaissante de faire cela pour elle, alors qu'ils se connaissaient à peine.

Mais, lorsqu'elle fut à mi-chemin, elle vit Megan Clark s'approcher de Matthew. Aussitôt, Hannah se figea, ressentant une pointe de frustration – ou peut-être de jalousie... Chassant cette idée de sa tête, elle se ressaisit et, pour se donner une contenance, alla s'asseoir au bar, sur un tabouret juste derrière Matthew. Elle commanda alors un whisky et écouta discrètement la conversation entre Matthew et Megan.

— Tu devrais y réfléchir, lui disait Megan. Tu sais que c'est bon pour les affaires, en plus ! Nolan m'a dit qu'il bat des records d'audience depuis qu'il a remporté l'élection de Mister Avril, et qu'il reçoit de plus en plus d'appels d'auditeurs pendant son émission...

— Megan...

— Et toute cette histoire avec Easton et Selma... Tout le monde l'a complètement oubliée après qu'Easton a remporté l'élection.

De toute évidence, Megan essayait de convaincre Matthew de participer à l'élection de l'homme du mois, une élection organisée toutes les deux semaines par le *Fix*. L'idée avait été lancée lorsque le bar traversait une période difficile sur le plan financier ; cet événement leur avait permis d'augmenter leur clientèle et, donc, leur chiffre d'affaires. Hannah était ravie de cette opération, car elle adorait le *Fix* ; elle aurait été très déçue qu'il ferme, car elle s'y sentait comme chez elle. Elle y venait souvent avec ses amis, pour dîner ou simplement boire un verre.

En écoutant Megan insister, elle se dit que Matthew pouvait définitivement remporter l'élection s'il décidait d'y participer. Mais il n'avait pas l'air emballé par l'idée...

— S'il te plaît, insista Megan. En plus, tu passerais dans l'émission de télé-réalité de Brooke et Spencer. Tu te rends compte de la publicité que cela ferait pour ton centre ?

— T'es vraiment prête à tout ! répondit Matthew en riant.

— Je ne te lâcherai pas tant que tu ne m'auras pas dit oui…

— D'accord, soupira Matthew.

— Attends, tu peux répéter ? le pressa Megan, sur le point d'exploser de joie.

— J'ai dit d'accord, répéta Matthew en souriant.

— Je ne rêve pas ? Tu viens vraiment d'accepter ? s'assura Megan qui n'arrivait pas à croire qu'elle avait réussi à le convaincre aussi facilement. Tu vas participer à l'élection de Mister Octobre ?

— Megan, tu me fatigues ! J'ai dit oui ! fit mine de s'agacer Matthew.

— T'es le meilleur ! s'exclama Megan avec enthousiasme. Je dois annoncer la nouvelle à Jenna ! ajouta-t-elle. Merci, merci, merci ! lança-t-elle, folle de joie en rejoignant Jenna, l'une des propriétaires du bar, avec Tyree.

Dès que Megan fut partie, Hannah glissa de son tabouret et se dirigea vers Matthew.

— Salut ! lança-t-elle.

Surpris, Matthew faillit s'étouffer avec son verre.

— Je suis désolé, Hannah, s'excusa-t-il en toussant et essayant de reprendre sa respiration. Je ne t'avais pas vue…

— C'est moi qui suis désolée, s'excusa Hannah. Je ne voulais pas te faire peur. Je voulais juste te remercier d'avoir accepté cette farce…

Matthew la regarda d'un air interrogateur, la tête penchée et les sourcils froncés.

— D'avoir accepté de jouer le rôle de mon fiancé devant mes parents, je veux dire, précisa-t-elle en faisant un léger signe de tête en direction de Selma, qui était en train de les observer avec un large sourire.

— Ah, oui... ça, répondit-il en se frottant le front, gêné.

— Selma m'a dit que tu avais accepté de m'aider. Cela m'a beaucoup étonnée, mais je viens d'entendre ta conversation avec Megan... J'ai l'impression que tu rends service à toutes les filles ! lança-t-elle avec un clin d'œil.

— Je suis probablement cinglé d'accepter tout ça, répondit-il en riant. En même temps, ni toi ni elle ne m'avez vraiment laissé le choix !

— C'est vrai que tu me sauves ! s'exclama-t-elle. Je ne savais vraiment plus comment faire...

Ils se turent un instant, aussi gênés l'un que l'autre. Puis, sans y penser, Hannah posa sa main sur l'épaule de Matthew, se pencha en avant et déposa un rapide baiser sur sa joue. Il sentait bon. Elle ne put s'empêcher de s'attarder légèrement, réconfortée par son odeur à la fois fraîche et masculine, et par sa force, qu'elle ressentait sous sa main.

Elle fut alors heureuse que ce soit Matthew qui joue son fiancé, et ressentit un certain plaisir à l'idée qu'il la serrerait contre lui et aurait des gestes tendres, même feints…

— Merci, en tout cas, insista-t-elle avec un sourire timide en s'éloignant de lui. Je te brieferai sur les choses que tu dois savoir pendant le trajet, demain. Il faut compter au moins trois heures jusqu'à Dallas, cela devrait nous suffire… Je passe te chercher à neuf heures, lança-t-elle avant de rejoindre Selma.

CHAPITRE CINQ

MATTHEW S'ÉTAIT RÉVEILLÉ à cinq heures. À sept heures et quart, il avait terminé sa séance d'entraînement de deux heures, dont un jogging de cinq kilomètres sur les berges du lac. À huit heures, il avait fini son petit-déjeuner, et à neuf heures, il n'avait plus qu'à attendre Hannah.

Il repensait à elle et à la sensation qu'il avait éprouvée lorsqu'elle l'avait embrassé sur la joue, la veille. Son contact avait été pour lui comme une fulgurance, éveillant tous ses sens de manière spectaculaire. Ce fut presque électrique. Il avait dû se faire violence pour ne pas tourner la tête afin que ses lèvres rencontrent les siennes.

Il se sentait envoûté, frappé par la foudre. Finalement, il ne regrettait pas d'avoir accepté de participer au stratagème imaginé par Hannah.

Lorsqu'il rentra chez lui, la veille, Hannah lui avait envoyé un SMS. Il l'avait lu tellement de fois qu'il s'en souvenait par cœur...

Coucou ! C'est Hannah. Tu avais l'air un peu effrayé au Fix, tout à l'heure. J'espère que tu ne t'es pas senti obligé d'accepter à cause de ta sœur... La fête a lieu demain chez mes parents, à Dallas. On dort là-bas et on revient dimanche, si ça te va ? N'hésite pas à me dire si tu préfères annuler, je comprendrais. Sinon, à demain ! Bonne nuit. Je t'embrasse. Hannah.

« Je t'embrasse »... Comment aurait-il pu annuler, après ça ? Il en était incapable. Il avait donc répondu un bref message dans lequel il disait qu'il se réjouissait d'aller à Dallas avec elle, et qu'il préparerait des playlists pour la route.

Pourtant, au fond de lui, il commençait à se dire qu'il avait peut-être fait une bêtise en acceptant un tel arrangement ? Comment tout cela allait-il se terminer ?

Lorsque Hannah sonna à sa porte, il se sentit nerveux. C'était stupide de sa part : ce n'était pas un rendez-vous amoureux. Il n'y avait donc aucun enjeu, rien à prouver. Mais, ce qui le rendait nerveux, c'était la possibilité qu'il tombe réellement amoureux d'Hannah. Qu'il se rende compte qu'elle était en réalité plus drôle qu'il ne l'avait imaginé, plus belle que dans ses souvenirs. Il ne pourrait alors s'empêcher d'en vouloir davantage, et elle le repousserait. Comme cela s'était si souvent passé dans sa vie...

— Reprends-toi, se dit-il en se dirigeant vers la porte d'entrée. Ce n'est pas un premier rendez-vous amoureux ; tout ce qu'elle veut, c'est récupérer son argent et tu n'es qu'un outil dont elle a besoin pour y parvenir...

Fort de cette pensée, il prit une profonde inspiration et ouvrit la porte. Mais, dès qu'il l'aperçut, il la trouva si magnifique qu'il se sentit fondre comme neige au soleil...

Ses boucles blondes reflétaient la lumière de septembre, faisant ressortir les différences naturelles de sa couleur de cheveux. Elle portait une jupe longue qui moulait ses hanches et ses cuisses élancées, et une blouse rose pâle décolletée, à la fois décontractée et élégante. Son maquillage était très léger, son gloss transparent mettant en valeur ses lèvres roses et charnues, qu'il eut soudain très envie d'embrasser.

— Tu es magnifique ! lui dit-il d'une voix qui trahissait son admiration, alors qu'elle entra chez lui.

— Merci. Toi aussi, rétorqua-t-elle avec un large sourire.

— Je ne savais pas trop comment je devais m'habiller, s'excusa-t-il.

Il avait opté pour un jean, un tee-shirt blanc uni, et une chemise ouverte bleu pâle.

— Tu es parfait ! le rassura-t-elle. Très « Texas ». Et si mes parents n'ont pas changé, ils auront certainement organisé un cocktail au rez-de-chaussée, avec les portes du patio grandes ouvertes. Un truc intérieur-extérieur avec beaucoup d'alcool et un barbecue géant !

— Ça s'annonce bien ! répondit Matthew avec enthousiasme. Au moins je n'aurais pas tout perdu !

— Parce que tu penses que tu vas perdre sur le reste ? lui demanda-t-elle en riant.

— Non, ce n'est pas ce que j'ai voulu dire, se reprit-il. J'espère juste que je ne vais pas faire de gaffe...

— Je suis sûre que non, répondit-elle en le regardant droit dans les yeux avec un sourire doux qui lui alla droit au cœur. Si tu es prêt, on peut peut-être se mettre en route ? lança-t-elle en désignant le sac de voyage qui était posé dans l'entrée.

— Je suis prêt ! confirma-t-il en prenant le sac. Allons-y !

———

Nerveuse n'était pas tout à fait le terme exact, mais Hannah avait définitivement ressenti une certaine appréhension à l'idée de parcourir avec Matthew les deux cents kilomètres jusqu'à Dallas. Highland Park, plus précisément. Une petite ville chic à côté de Dallas.

Pourtant, elle aurait dû être plus que nerveuse. Ernest n'était pas un imbécile, et sa mère non plus. S'ils découvraient qu'elle faisait semblant d'être en couple pour obtenir de l'argent... Mais quel autre choix avait-elle ? De toute façon, il était désormais trop tard pour reculer. Elle n'avait plus qu'à suivre son plan en espérant que cela marcherait.

Et puis ce n'était pas cela, en réalité, qu'elle avait appréhendé avant de prendre la route. C'était davantage la proximité avec Matthew. Depuis qu'il avait accepté de lui rendre ce service, elle le regardait autrement. Elle l'avait toujours trouvé extrêmement séduisant – objectivement il l'était – mais elle découvrait à présent sa générosité. Son geste envers elle lui paraissait tellement gentil, tellement chevaleresque, qu'elle le voyait un peu comme un chevalier venu la délivrer d'une situation qui lui paraissait pourtant inextricable.

Elle s'était donc attendue à ce que leur gêne prenne le pas sur le reste, et à ce que le trajet soit silencieux, un peu maladroit. Mais, au lieu de cela, Matthew avait branché son téléphone et mis la playlist qu'il avait préparée, comme il le lui avait dit. L'ambiance fut détendue, au rythme de Michael Jackson, d'Ed Sheeran, ou encore P!nk et – contrairement à ce qu'elle avait anticipé – ils se mirent à discuter de manière de plus en plus naturelle au fur et à mesure qu'ils avançaient.

— J'avais douze ans, dit Matthew, à propos de la première fois où il était allé à un concert. À cette époque, je n'étais encore pas tout à fait habitué à avoir une vraie famille. J'adorais les Herrington, bien sûr, mais ils n'étaient même pas encore officiellement nos parents. Nous étions encore dans la phase où nous nous apprivoisions mutuellement. Et puis un jour, ils nous ont dit qu'ils nous emmenaient à un concert. C'était Eminem – parce que quelqu'un leur avait dit que c'était ce que tous les enfants aimaient.

— Mais tu n'aimais pas ? demanda Hannah en riant, alors qu'elle imaginait ce petit garçon de douze ans accepter poliment d'aller à un concert complètement inadapté.

— Ni moi ni Selma. Mais nous avons tous les deux fait semblant d'aimer, pour leur faire plaisir, se souvint-il en riant à son tour. Nous faisions semblant de chanter avec la foule, et avons même crié lorsqu'Eminem est monté sur scène, comme si nous étions ses plus grands fans. Finalement, nous avons passé une excellente soirée...

— Et vous avez fini par leur avouer que vous n'aimiez pas ? lui demanda-t-elle en quittant rapidement la route des yeux pour le regarder.

— Non, jamais ! s'exclama-t-il.

— Ils ont l'air vraiment chouettes, en tout cas.

— C'est vrai, ils le sont, approuva Matthew. Les premières années de notre vie n'ont pas été terribles, mais, grâce à eux, nous avons pu nous rattraper ensuite. Et toi ?

— J'étais toute petite quand mon père est mort, donc pas de concerts avec lui pour moi..., répondit Hannah.

— Je suis désolé.

— C'est gentil, mais c'était il y a longtemps, maintenant, tenta-t-elle de minimiser.

— Et Selma m'a dit que ta mère a traversé une période difficile après le décès de ton père. Mais elle a malgré tout gardé l'argent de l'assurance que ton père avait prévu pour toi ?

— Oui, elle l'a toujours, confirma Hannah, les mains crispées sur le volant.

— Mais, si elle ne l'utilise pas, et si ton père voulait que ce soit toi qui l'aies, pourquoi ne te le donne-t-elle pas, tout simplement ? C'est ton père qui avait posé la condition que tu sois en couple pour bénéficier de cet argent ?

— Pas du tout ! s'exclama Hannah. Si c'était ce que mon père avait voulu, alors je respecterais sa volonté et attendrais d'être avec quelqu'un pour demander cet argent à ma mère. Mais ce n'est pas le cas. Tout ce qu'il a dit, c'est que cet argent était pour moi.

— Alors pourquoi ? demanda Matthew, trouvant la situation grotesque.

— Parce que ma mère... Comment dire... En fait, depuis qu'elle est avec Ernest, c'est comme si tout ce qu'elle pensait ou croyait avant avait volé en éclat...

— Ernest est ton beau-père ?

— Oui, confirma Hannah. Ma mère et lui se sont mariés longtemps après que maman a repris ses études et commencé à enseigner. Mais, depuis qu'elle est avec lui, elle a complètement changé. Heureusement, lorsqu'il est entré dans sa vie, j'avais commencé la fac de droit et je ne vivais déjà plus avec ma mère. Bon, mais je le trouve sympa au fond... Je le vois tellement peu de toute façon !

— Qu'est-ce qu'il fait ?

— Qu'est-ce qu'il ne fait pas, plutôt ? répondit-elle avec un petit rire ironique. Il est avocat, mais il ne pratique plus tellement. Il intervient beaucoup en tant que consultant et lobbyiste. Il a également quelques entreprises, et siège dans une douzaine de conseils d'administration. Tu vois le genre ? lui demanda-t-elle en le regardant avec un sourire complice. Quant à ma mère, reprit-elle, elle semble être la femme la plus heureuse du monde, en tout cas en apparence... Je ne sais pas. Peut-être qu'ils sont vraiment heureux ? Mais la façon dont elle parle de mon père maintenant...

— C'est-à-dire ?

Hannah ne répondit pas tout de suite. Elle sentait sa gorge se serrer et lutta pour retenir ses larmes. Elle n'allait tout de même pas pleurer en conduisant...

— Chaque fois qu'elle parle de lui, c'est pour dire qu'il n'aurait jamais dû être flic – il a été tué pendant une opération, précisa-t-elle. Elle dit qu'en se mettant en danger, il *nous* a mis en danger. Et elle ne parle plus du tout du héros qu'il était. Il est mort en sauvant une femme qui avait été prise en otage par un trafiquant de drogue. Avant, cela la rendait tellement fière... Maintenant, c'est comme si elle lui reprochait d'avoir été tué. C'est aussi ce que dit Ernest, d'ailleurs, qui me répète sans arrêt que mon père avait du talent et qu'il s'est gâché – comme si le métier de flic était un métier de merde...

Elle s'interrompit, et essuya la larme qui coulait doucement le long de sa joue.

— Je suis vraiment désolé, dit Matthew avec tendresse.

— Moi aussi ! plaisanta Hannah en haussant les épaules pour chasser sa tristesse. Parfois j'en veux à Ernest, mais, au fond, c'est pour éviter d'en vouloir à ma mère, car je sais qu'elle pense la même chose que lui. Même si elle dit qu'elle aimait mon père de tout son cœur et qu'elle l'aimera toujours, elle ne tient pas compte de ce qu'il a fait. Heureusement que j'ai fait du droit, sinon elle me renierait complètement...

Elle essuya à nouveau ses larmes et se força à sourire.

— D'ailleurs, nous sommes à Waco, dit-elle d'une voix plus enjouée pour changer de sujet. C'est ici que je suis allée à l'université. Baylor, juste là, indiqua-t-elle en désignant le campus de Baylor qui s'étendait à leur droite.

— Ça t'a plu ?

— Quoi ? La fac de droit ? Oui beaucoup. Je n'aimais

pas tellement la simulation de procès que nous devions faire pour nous entraîner à la rhétorique, mais j'ai adoré la recherche, l'analyse, et l'élaboration des arguments juridiques. J'adorais le droit constitutionnel, d'ailleurs. Et c'était ce qui me manquait dans mon ancien travail ; j'étais juriste dans une entreprise ; je ne faisais que de la paperasse et ne réfléchissais jamais. Je n'avais pas l'impression d'avancer, tu vois ce que je veux dire ?

— Honnêtement... non, répondit-il. Tu sais, moi, les études... ce n'était pas vraiment mon truc.

— Mais ça n'a rien à voir avec les études. Je sais que tu es comme moi. Je te vois dans ton métier : tu encourages tes clients, tu t'es agrandi, tu as ouvert d'autres salles... Tu avances ! Tu ne te laisses pas aller. C'est vrai, non ? lui demanda-t-elle en le regardant d'un air enjoué.

— Peut-être. Mais...

La sonnerie du téléphone branché en bluetooth les interrompit. C'était la mère d'Hannah. Avec un soupir, Hannah appuya sur le bouton pour prendre l'appel.

— Salut maman !

— Ma chérie ! Je suis tellement contente de t'entendre. Dis-moi, je voulais juste m'assurer d'avoir bien compris : le jeune homme dont tu m'as parlé sera avec toi ce soir ?

— Absolument.

— Formidable ! Nous sommes enchantés de le rencontrer. Il est avec toi ?

— Juste à côté de moi, répondit Hannah. Mais il a ses écouteurs et il dort. Il va falloir que tu attendes que nous arrivions pour le cuisiner sur ses intentions...

— T'es bête, rétorqua sa mère en riant. Ne t'inquiète pas, je ne vais ni le cuisiner, ni te mettre mal à l'aise, si c'est ce que tu crains...

— Mouais... Je ne crois que ce que je vois ! la taquina Hannah.

— Tu ne changes pas... Toujours réponse à tout !

— Il paraît que je tiens ça de mon père, répondit Hannah avec un sourire.

— En parlant de ton père...

Aussitôt, Hannah se crispa.

— ... Ernest et moi mourons d'envie d'en savoir plus sur ce jeune homme. Tu as dit qu'il s'appelait Matthew ? Qu'est-ce qu'il fait dans la vie ?

Hannah lança un regard désolé à Matthew qui la rassura avec un sourire.

— Il est dans les affaires, répondit-elle vaguement, en haussant les épaules en signe d'excuse. Il a sa propre entreprise.

— C'est merveilleux ! s'exclama sa mère. Quel type d'entreprise ?

— Il est dans la santé.

Matthew la regarda les yeux écarquillés.

— Quoi ? C'est un peu vrai, lui murmura Hannah.

— Un médecin ? demanda sa mère avec jubilation.

— Non, maman, il n'est pas médecin..., soupira Hannah.

— Ah..., fit sa mère, ostensiblement déçue.

Matthew se pencha et appuya sur le bouton « muet » du tableau de bord.

— Dis-lui que j'ai abandonné l'école de médecine, que je me suis rendu compte que j'aimais trop les affaires pour une vie de médecin...

Hannah le regarda avec étonnement, surprise qu'il se prenne lui-même au jeu de la supercherie.

— Vas-y ! l'encouragea Matthew.

— Il n'est pas médecin, reprit Hannah en rappuyant sur le bouton pour enlever le mode « muet », mais c'est parce qu'il a quitté l'école de médecine pour intégrer une école de commerce.

— Vraiment ? s'exclama sa mère, reprenant espoir. On dirait qu'il est tout à fait le genre d'homme avec lequel ton père aurait voulu que tu sois !

Hannah serra le volant plus fort mais ne fit aucun commentaire, même si elle savait pertinemment que son père aurait simplement voulu qu'elle soit heureuse. C'était Ernest qui nourrissait des ambitions pour elle.

— Nous sommes impatients de vous voir en tout cas ! Faites attention sur la route !

— Ne t'inquiète pas, maman, répondit Hannah.

Lorsqu'elle raccrocha, elle expira avec soulagement.

— Merci ! s'exclama-t-elle en direction de Matthew. Tu m'as vraiment aidée sur ce coup-là !

— De rien, je trouve ça plutôt amusant, en fait... Si ça se trouve, quand nous arriverons à Dallas, je serai devenu un magnat de l'industrie pharmaceutique..., ajouta-t-il avec un sourire complice.

— C'est possible ! Nous ne sommes même pas encore à Hillsboro. Il nous reste environ deux heures et tu es déjà passé de propriétaire de salle de sport à ancien étudiant en médecine poursuivant un MBA..., rit-elle.

— Attention, tu as dit à ta mère « école de commerce »...

— Crois-moi. Plus ton niveau sera élevé, plus ma mère et Ernest seront contents ! rétorqua-t-elle.

Elle jeta un regard dans sa direction. Il était très beau, très musclé, mais ressemblait-il vraiment à un homme d'affaires dans le secteur de la santé ?

— Quoi ? demanda-t-il avec méfiance.

— C'est juste que...

Elle s'interrompit, ne sachant pas comment amener ce qu'elle voulait dire.

— ... Ne le prends pas mal... Tu es magnifique, mais...

— Mais je ne ressemble pas au gars que nous venons d'inventer..., compléta-t-il, devinant le fond de sa pensée.

— Je suis désolée, répondit-elle avec un air gêné.

— Mais non, je comprends, répondit-il, amusé. Il y a

le centre commercial North Park un peu plus loin ; nous n'aurons qu'à nous y arrêter...

— Tu es sûr que ça ne t'ennuie pas ?

— Pas du tout..., la rassura-t-il. Je suppose que tes parents s'attendent à un certain type de gars. Un gars différent de moi...

— Peut-être, en effet, admit-elle, gênée. Mais pas moi ! s'empressa-t-elle d'ajouter.

Elle le pensait sincèrement. Qui d'autre aurait accepté de faire tout cela pour elle ? Matthew était comme un miracle qui était entré dans sa vie.

— Tu veux dire que tu as besoin de moi, c'est ça ?

— Euh... oui, aussi, répondit-elle. Mais pas seulement...

———————

CHAPITRE SIX

LORSQU'ILS ARRIVÈRENT devant l'immense maison nichée au milieu de l'un des quartiers les plus prestigieux de la ville, Matthew fut stupéfait. Il ne s'était pas attendu à tant de magnificence. Il savait que le beau-père d'Hannah était un grand avocat converti aux affaires – tout comme le personnage qu'il devait jouer, d'ailleurs –, mais Hannah lui ayant dit que sa mère avait économisé pour pouvoir lui payer ses études, il avait imaginé une maison beaucoup plus modeste.

En réalité, la mère et le beau-père d'Hannah vivaient dans un véritable manoir entouré d'un parc gigantesque. Une sorte d'oasis de plusieurs millions de dollars en plein cœur de la ville. Il fut soulagé de s'être arrêté au centre commercial pour s'acheter de nouveaux vêtements ; il s'intégrerait mieux avec sa veste de costume bleu, son pantalon en coton kaki, et sa chemise gris pâle, qu'avec sa tenue de cow-boy texan...

— Tu es prêt ? lui demanda Hannah tandis qu'ils remontaient l'allée au bout de laquelle les attendait un employé de maison.

— J'espère, répondit-il timidement.

Il eut envie de lui demander quel genre de mère pouvait refuser de donner à sa fille l'assurance vie qui lui revenait alors qu'elle n'avait manifestement pas besoin d'argent, mais il s'abstint. À quoi cela aurait-il servi ?

En découvrant la maison, il en voulut instinctivement à la mère d'Hannah, et il fut plus que jamais décidé à jouer son rôle à la perfection. Hannah *devait* récupérer son argent.

— Bonjour ! La réception a lieu dans le patio arrière, leur dit l'employé en prenant les clés de la voiture pour aller la garer.

— Merci, je sais. C'est la maison de ma mère, répondit Hannah. Pourriez-vous demander à Clarence de monter dans ma chambre nos affaires qui se trouvent dans le coffre ? Nous passons la nuit ici.

— Bien sûr. Je vous souhaite la bienvenue ! répondit l'employé avec sobriété.

Matthew perçut l'agacement d'Hannah, mais il ne fit aucun commentaire. Il savait qu'elle ne considérait pas cette propriété luxueuse comme sa maison mais comme celle d'Ernest et, désormais, de sa mère.

— Qui est Clarence ?

— Le majordome, l'informa-t-elle. Je ne le connais pas très bien, mais je l'aime beaucoup. Tu sais, je n'ai jamais vécu dans tout ce luxe, ressentit-elle le besoin de lui expliquer. Je n'habitais plus avec eux depuis long-temps lorsqu'ils ont acheté cette maison.

— Tu n'as pas à te justifier, la rassura Matthew. Même si c'est vrai que je n'avais pas réalisé que j'allais séjourner dans un château lorsque j'ai accepté cette mission, ajouta-t-il avec un clin d'œil amusé.

— J'aime que les premiers rendez-vous soient specta-culaires ! lança-t-elle en prenant une voix sophistiquée.

Matthew rit, mais il ne put s'empêcher de relever qu'elle avait utilisé l'expression « premiers rendez-vous ». Certes, il savait que tout cela était factice, mais il ressentit néanmoins un certain plaisir en l'entendant prononcer ces mots. Il était amoureux d'Hannah, et s'il ne faisait pas attention, il risquait fort de se prendre un peu trop au jeu du fiancé. Il devait à tout prix se rappeler qu'elle ne faisait que l'utiliser pour récupérer son argent, et qu'elle ne l'aimait pas. Il ne devait se faire aucune illusion...

Ils traversèrent le parvis recouvert de graviers, puis pénétrèrent dans le hall d'entrée par une gigantesque baie vitrée grande ouverte, offrant une vue d'ensemble sur le hall majestueux, tout en marbre et dorures. En passant devant une petite table sur laquelle étaient posées des bouteilles d'alcool et des verres en cristal, il reconnut un whisky vendu par Selma, et il résista à l'envie de sortir son téléphone portable pour prendre une photo.

— C'est incroyable, s'extasia-t-il. C'est…

— Ostentatoire ? compléta-t-elle avec l'air de trouver tout ce décorum grotesque. Tu vas voir, Ernest n'est pas du genre subtil. Mais ce qui est bien, c'est que ce sera plus facile pour toi de t'intégrer au milieu de tout ce monde… Tu as faim ?

— Je commence oui…, répondit-il, se disant que manger lui donnerait une contenance et lui laisserait le temps de s'accoutumer à l'endroit.

Après avoir été abandonnés, Selma et lui avaient grandi confortablement dans un quartier aisé d'Austin. Mais la maison des Herrington était un refuge pour chiots comparée à celle des parents d'Hannah.

— Alors, suis-moi ! lui répondit Hannah. Ma mère prépare toujours des choses extraordinaires lorsqu'elle a des invités. Personnellement, je suis plutôt du genre hot-dog et barbecue, mais ce n'est pas tout à fait le genre de la maison ! pouffa-t-elle en lui prenant la main.

Il la regarda d'un air surpris.

— Nous sommes fiancés, non ?

Il hocha la tête, essayant d'arborer un air décontracté, mais, en réalité, la sensation des doigts d'Hannah entrelacés dans les siens le troublait plus qu'il ne l'aurait souhaité.

Dès qu'ils eurent passé les portes-fenêtres donnant sur le patio dallé, une femme d'une cinquantaine d'années se précipita vers eux. Mince, elle portait une robe blanche, tandis ses cheveux – de la même couleur que ceux d'Hannah – étaient ramassés en un chignon sophistiqué et partiellement recouvert par un voile. Son sourire, lorsqu'elle découvrit sa fille, rivalisait avec le soleil.

— La mariée ! s'exclama Hannah en embrassant sa mère. J'ai oublié de te dire, dit-elle en se tournant vers Matthew, maman et Ernest réitèrent leurs vœux chaque année. Ils le font généralement en privé, mais cette année ils ont décidé de le fêter avec leurs proches...

— C'est très beau, dit Matthew.

Il le pensait sincèrement – c'était quelque chose que lui-même aurait pu faire.

— Ce sera peut-être bientôt votre tour, suggéra la mère d'Hannah avec un sourire plein de sous-entendus. Je suis si contente que tu sois là ma chérie, dit-elle en prenant sa fille dans ses bras.

Son évidente affection pour sa fille surprit Matthew. Compte tenu de ce que lui avait raconté Hannah, et sachant qu'elle refusait de lui donner l'argent auquel elle avait droit, il s'était attendu à une femme froide et calculatrice.

Lorsque les deux femmes se séparèrent, Hannah prit aussitôt la main de Matthew, provoquant en lui le même trouble que quelques minutes auparavant. Il avait le sentiment qu'ils étaient une équipe, qu'il n'était plus seul. S'il ne s'était pas répété que la situation était fictive, il aurait presque eu l'impression qu'ils formaient un véritable couple.

— Maman, je te présente Matthew Herrington, mon… fiancé, déclara-t-elle fièrement en serrant la main de Matthew.

— Vous êtes fiancés ! Oh, ma chérie, c'est merveilleux ! s'exclama sa mère en leur prenant une main chacun. Je suis ravie de vous rencontrer, Matthew, et je vous remercie d'avoir accepté de venir à notre fête.

— Tout le plaisir est pour moi, madame, répondit Matthew.

— Je vous en prie ! Appelez-moi Amelia. Ou maman !

— D'accord, Amelia, dit-il avec un large sourire, gêné au fond de lui de tromper cette femme qui lui semblait charmante et qui, de toute évidence, prenait la chose très au sérieux.

Pour se donner une contenance, Il passa son bras autour de la taille d'Hannah qui, aussitôt, se blottit contre lui. L'odeur de son shampoing, aussi enivrante qu'un whisky, lui redonna de l'assurance.

— Hannah a été tellement occupée ces derniers temps que je l'ai très peu eue au téléphone et elle ne m'a presque rien raconté de vous, dit Amelia à Matthew d'un air curieux.

— Ce n'est pas le meilleur moment pour cela, maman, intervint Hannah. Il y a une centaine d'invités dans ton jardin ; j'imagine que tu devrais t'occuper d'eux ?

D'après Matthew, une centaine était un euphémisme. Le patio, déjà étendu, donnait sur un immense parc – d'au moins dix mille mètres carrés – parfaitement entretenu avec une piscine, des courts de tennis, et une petite maison de jardin, le tout grouillant d'invités se mélangeant les uns aux autres.

— Quand tu m'as dit que ta mère organisait un barbecue dans le patio, je ne m'étais pas attendu à ça ! dit-il à Hannah après qu'Amelia s'était éloignée.

— Un vœu pieux ! ironisa Hannah. Quand j'étais petite, ma mère empruntait un barbecue au bar qui se trouvait à côté de chez nous pour faire des soirées dans le jardin de la petite maison que nous louions, à l'époque. L'été, elle installait une piscine gonflable, et nous nous y prélassions pendant des heures. Nous n'avions pas d'argent. Ma tante n'arrêtait pas de dire à maman qu'elle devait demander l'aide sociale, mais ma mère refusait catégoriquement. Elle a préféré travailler dur ; et elle a fini par réussir. Et tu sais quoi ? lui demanda-t-elle avec un sourire enjoué qui lui alla droit au cœur, mes plus beaux souvenirs appartiennent à cette époque de ma vie – rien n'aurait été aussi magique si nous avions eu de l'argent. Jamais nous n'aurions fait de pique-nique dans une piscine gonflable, par exemple ! conclut-elle en riant.

— Tu étais très petite, alors ?

— Même pas ! rit Hannah. J'avais environ seize ans. Mais j'adorais cette piscine gonflable. Je pense avoir lu tous les romans jamais écrits, les fesses dans l'eau et la tête posée sur le rebord en plastique. C'était tellement génial... soupira-t-elle. Mais bon..., j'imagine que ma mère est quand même mieux maintenant qu'elle a épousé Ernest.

— Elle a l'air heureuse, en effet, lui dit-il en lui serrant la main. Et d'après ce que je vois, elle t'aime vraiment. Je ne sais pas pourquoi elle refuse de te donner l'argent que ton père t'a laissé, mais je ne pense pas que ce soit contre toi.

— Moi non plus. C'est...

Elle se détourna, mais Matthew la prit par le coude pour la tourner à nouveau vers lui.

— Quoi ?

— Je ne sais pas... C'est comme si elle s'était perdue en épousant Ernest. Avec mon père, elle était véritablement elle-même. Mais, avec Ernest, elle joue un rôle. Et, pour moi, c'est le pire danger d'une relation, de finir par se perdre pour essayer de correspondre à ce que l'autre attend de nous...

— C'est pour ça que tu n'es pas en couple ?

— Peut-être... Je ne sais pas... Probablement.

— Moi je crois que tu te trompes, déclara-t-il. En fait, je crois que c'est exactement le contraire : une relation saine doit pouvoir te permettre d'être la personne que tu es vraiment.

— Tu as peut-être raison, répondit-elle d'un air peu convaincu. Peut-être que je n'ai pas eu de relation saine, alors – ni sur le plan personnel, ni sur le plan professionnel.

— C'est-à-dire ? s'enquit-il tandis qu'un serveur s'approcha d'eux avec un plateau sur lequel se trouvaient des Margaritas.

Matthew prit deux verres, en tendit un à Hannah, puis la guida jusqu'à un petit banc de pierre sur l'un des côtés du patio.

— C'est-à-dire que je n'ai jamais trouvé quelqu'un avec qui je puisse être complètement moi-même, expliqua-t-elle, comme si c'était évident.

— Mais est-ce que tu as vraiment cherché ?

— C'est vrai, pas vraiment ! admit-elle en riant. Et je n'ai pas l'intention de commencer. Pas maintenant, alors que je suis sur le point de me lancer dans la création d'une entreprise. Ce serait le pire moment pour démarrer une relation...

Matthew ne pouvait qu'être d'accord ; lui-même, lorsqu'il avait lancé sa salle de sport, il s'était dédié entièrement à son travail – ce qui lui avait permis d'en être là où il en était. Mais, avec le recul, il aurait aimé dire à Hannah que c'était une erreur. Lorsqu'il regardait derrière lui, il se rendait compte qu'il lui manquait l'essentiel : une femme, des enfants, peut-être même un chien. Mais il devait admettre qu'il n'avait que peu de temps pour tout cela. Comment aurait-il pu s'occuper d'une famille alors qu'il envisageait de créer une franchise ?

— Euh... quoi ? demanda-t-il, réalisant qu'il s'était laissé happer par ses pensées et n'avait pas écouté ce qu'elle lui disait.

— Je dis que pour l'instant, l'amitié me suffit. Je m'occuperai de mes histoires de cœur plus tard, quand j'en aurai le temps.

— Parce que tu as davantage l'impression d'être toi-même avec des amis ? lui demanda-t-il, espiègle.

Elle le regarda en souriant, comme s'il venait de marquer un point.

— Oui... Par exemple, là, maintenant, je suis tout à fait moi-même avec toi, tu ne trouves pas ? Même si toi et moi savons que nous sommes en train de jouer la comédie...

— C'est ce qu'on appelle la technique de la Méthode, non ? ironisa-t-il, le regrettant aussitôt.

Mais Hannah ne sembla mal prendre ses propos. Au contraire, elle prit sa main et la porta à ses lèvres. Matthew frissonna alors qu'elle déposa un baiser sur ses jointures, puis, se penchant sur le côté, elle approcha sa bouche à quelques millimètres de son oreille.

— Fais comme si j'étais en train de te dire quelque chose d'extrêmement coquin et excitant, murmura-t-elle. Ma mère est en train de nous regarder et mon père est à côté d'elle...

— Ton père ? répondit-il doucement, faisant glisser une main le long de sa cuisse, jusque sous sa jupe.

Hannah s'approcha plus près de lui et il glissa sa main un peu plus haut. C'était finalement une bonne chose que la jupe soit longue, pensa-t-il, car, puisqu'ils appliquaient la technique de la Méthode, il aurait pu facilement relever entièrement sa jupe si elle avait été courte.

— Ah oui, je ne t'ai pas dit. Ernest aime bien que je l'appelle « papa » quand je suis ici, précisa-t-elle en haussant les épaules. Au début, j'avais un peu de mal, mais cela tendait nos rapports, alors j'ai fait un effort et j'ai fini par prendre l'habitude. Disons que j'achète ma tranquillité...

— Sage décision, murmura-t-il à son oreille.

— N'est-ce pas ? lança-t-elle avec un sourire, se détachant soudain de lui. C'est bon, ils sont partis ; nous ne sommes plus obligés de jouer les amoureux.

— Ça ne me dérangeait pas..., laissa échapper Matthew, regrettant immédiatement ses mots.

Son commentaire était pourtant sincère, mais ce n'était certainement pas la meilleure chose à dire à Hannah.

— Je suis désolé, ce n'est pas...

— Dans ce cas, nous pouvons continuer..., l'interrompit-elle en le regardant d'un air chargé de sous-entendus. La technique de la Méthode, tu te souviens ?

— C'est vrai, balbutia-t-il en déglutissant.

Hannah se pencha à nouveau vers lui, les lèvres légèrement entrouvertes, prête à l'embrasser. Il s'approcha d'elle également, mais ce qui aurait pu être leur premier baiser fut interrompu par une autre invitée.

— Mon Dieu ! Hannah ! Ça fait si longtemps ! Mais tu es magnifique !

— Tante Béatrice ! s'exclama Hannah. Je suis tellement contente de te voir, dit-elle en se levant et en prenant sa tante dans ses bras.

Elle présenta ensuite Matthew, lequel essayait de faire bonne figure malgré sa déception.

— Je suis ravi de vous rencontrer, dit-il en serrant la main de la femme d'une soixantaine d'années.

— Béatrice est la sœur aînée de ma mère, l'informa Hannah.

— Si vous le permettez jeune homme, j'aimerais vous la voler quelques minutes, lança tante Béatrice avec un sourire malicieux. Amelia vient de me dire que vous étiez fiancés... Je veux absolument tout savoir ! dit-elle à Hannah. J'imagine que vous allez pouvoir survivre sans elle quelques minutes ? demanda-t-elle à Matthew d'un air moqueur.

— Je n'en suis pas certain, mais je vais essayer, répondit-il, jouant son rôle à la perfection.

En regardant Hannah s'éloigner au bras de sa tante, il comprit qu'il ne jouait plus.

———

Matthew était en train de se servir de la salade de pommes de terre au jambon lorsqu'Hannah revint. Elle pressa sa paume contre son dos, puis se pencha près de son visage. Elle avait l'air si naturelle qu'il semblait presque qu'ils sortaient vraiment ensemble. Elle appliquait la technique de la Méthode à la perfection, pensa-t-il avec un peu d'amertume.

Quant à lui, il n'avait jamais été doué pour la comédie, mais, dans ce cas-là, il n'avait aucun mal à jouer l'amoureux transi, car Hannah l'avait hypnotisé dès le premier instant où il l'avait vue.

— Hé, beau gosse ! lança-t-elle, tu peux me faire une assiette ? Je vais nous chercher du vin... Je nous ai trouvé une table près de l'orchestre, lui dit-elle avec une joie non dissimulée. Après l'ouverture de bal, on pourra danser toute la nuit comme ça ! Et puis surtout, on n'aura pas à répondre à toutes les questions sur notre couple... C'est génial, non ?

— Génial, en effet ! répondit-il en tentant d'arborer le même enthousiasme qu'elle. Je te retrouve à la table dans une...

— Merde ! Alerte rouge ! l'interrompit-elle en marmonnant. C'est mon père, Ernest.

Elle avait l'air si paniquée que Matthew eut envie de la serrer contre lui, et de la rassurer. Mais il était tiraillé entre son envie de la protéger et son besoin irrépressible de quitter cette comédie qui commençait à le rendre fou. Pourtant, il ne pouvait la laisser tomber maintenant. Cet Ernest était la personne pour laquelle ils avaient imaginé toute cette comédie. Car c'était une comédie, il devait s'en souvenir...

— Nous n'avons qu'à parler à quelqu'un, suggéra Matthew. Ta tante ? L'une de tes amies ?

— Trop tard. Il se dirige droit sur nous, murmura Hannah, paniquée. Je n'ai pas du tout envie d'affronter cette situation ! gémit-elle.

— Tu n'es pas la seule, rétorqua Matthew.

Il n'avait pas encore eu le plaisir de rencontrer M. Donovan, mais il en avait assez entendu sur lui pour être d'emblée très intimidé par ce brillant avocat. Il s'attendait déjà à ce que le beau-père d'Hannah lui parle textes de loi, actualité politique, ou même littérature – il allait passer pour un imbécile, c'était certain ! Soudain, il regretta amèrement d'avoir accepté de participer à cette sordide aventure. Il n'y avait vu que l'opportunité de se rapprocher d'Hannah ; il s'en voulut de ne pas avoir pensé au reste...

— Dis-moi quelque chose, vite ! dit Hannah. Si nous sommes déjà en train de parler de quelque chose, il ne nous posera pas de questions sur nous deux. Euh... Je ne sais pas..., la prise en charge des frais de scolarité, tiens ! suggéra-t-elle. Tout le monde ne parle que de ça en ce moment ! Je crois que l'Assemblée législative va réexaminer la question pour le Texas cette année. Qu'est-ce que tu en penses ?

Il la regarda, tétanisé. Il n'avait jamais entendu parler de la prise en charge des frais de scolarité par le gouvernement, et, comme il n'avait pas encore d'enfants, il n'avait pas non plus d'opinion. Tout ce qu'il dirait ne ferait que révéler à Hannah qu'il était un imbécile !

— Ou choisis un autre sujet, si tu veux ! le pressa-t-elle. Mais parle, je t'en prie ! Il est presque là !

Mais Matthew ne trouva aucun sujet. Il n'avait rien à dire.

Rien sauf une chose.

Il posa son assiette sur la table, l'attira brutalement contre lui et l'embrassa.

Pendant un moment, elle se crispa. Mais il sentit

rapidement qu'elle se laissa fondre contre lui, sa bouche s'ouvrant contre la sienne.

Il soupira, soulagé et heureux. Enfin, ils étaient dans le juste.

Pendant un bref moment, Matthew sut à quoi ressemblait le paradis.

CHAPITRE SEPT

— AH ! Vous voilà enfin tous les deux ! s'exclama Ernest en revenant vers eux.

L'idée du baiser avait fonctionné. Ernest n'avait pas osé les déranger, et s'était éclipsé. Mais, une heure plus tard, il avait décidé de revenir à la charge.

En entendant sa voix forte et familière, Hannah se tourna vers lui. Son beau-père se tenait au milieu d'un groupe de personnalités importantes du monde du droit et des affaires, dont elle connaissait certains – l'un d'eux avait même été son chargé de cours à la fac de droit. Tous regardaient Ernest comme s'il était l'incarnation de la raison et de la vertu. Peut-être l'était-il, d'ailleurs ? Peut-être que c'était elle qui ne l'appréciait pas à sa juste valeur, uniquement parce qu'il avait remplacé son père ? Ou peut-être était-elle jalouse de la place qu'il avait prise auprès de sa mère ?

Mais non, se dit-elle aussitôt. Ce n'était rien de tout cela. Elle ne l'appréciait pas parce que, comme elle l'avait dit à Matthew – Ernest éclipsait sa mère. Il avait tout fait pour la transformer, la façonner à son image. Sa mère n'était plus Amelia, elle était devenue Ernest-Amelia, et cela la rendait profondément triste.

Pourtant, elle ne doutait pas qu'Ernest aimait sa mère ; c'était justement cela qui faisait qu'elle ne savait pas comment se comporter avec lui. Elle aurait aimé lui témoigner uniquement du mépris, mais elle ne pouvait s'empêcher de se montrer reconnaissante envers lui pour tout ce qu'il donnait à sa mère.

— Tu es splendide, comme d'habitude ! s'exclama Ernest en direction d'Hannah, tandis qu'il les rejoignit sous le parasol où elle et Matthew s'étaient abrités.

— Enchanté ! lança-t-il à Matthew en lui tendant la main. J'ai hâte de discuter avec vous et de connaître vos positions sur un certain nombre de questions concernant les soins de santé et la manière dont les gens prennent soin d'eux, de nos jours.

Matthew sentit la panique l'envahir, mais il se ressaisit et réussit à reprendre le dessus.

— J'en serais ravi, répondit-il. Mais je ne voudrais pas gâcher votre anniversaire de mariage avec des questions aussi ennuyeuses... Je suis sûr qu'Amelia m'en voudrait terriblement !

Ernest rit de bon cœur et Hannah, admirative de

la répartie de Matthew, eut follement envie de l'embrasser. Si Ernest n'avait pas été avec eux, elle l'aurait fait, d'ailleurs – et plus seulement pour feindre d'être en couple avec lui. Depuis qu'il l'avait embrassée, plus tôt, elle ressentait comme une boule de joie et de plaisir dans le ventre. Ce baiser inattendu avait fait mis à jour ses sentiments, et cela la surprenait elle-même.

— En tout cas, c'est un grand plaisir de vous rencontrer enfin, M. Donovan ! lança Matthew.

Aussitôt, Hannah le regarda avec des yeux paniqués, s'attendant à une mauvaise réaction de la part d'Ernest. Mais, encore une fois, Matthew sut faire preuve de sang-froid et de répartie.

— Je suis désolé, s'excusa-t-il. Hannah parle de vous comme d'un père et j'ai donc bêtement associé son nom à vous. Cela m'a échappé...

— Ce n'est rien, jeune homme ! rétorqua Ernest avec un sourire qui trahissait tout son ego – un sourire qu'Hannah lui voyait si souvent et qu'elle détestait si intensément. Vous savez donc qui je suis ? demanda-t-il d'un air fat.

Matthew, Hannah le savait, n'en avait aucune idée.

— Évidemment qu'il le sait ! s'empressa-t-elle d'intervenir. Comment un homme d'affaires texan pourrait-il l'ignorer ?

— Ernest Pierpont, répondit Matthew. Hannah a

raison. Tout le monde vous connaît au Texas, vous êtes un modèle de réussite pour beaucoup d'entre nous !

Ernest gloussa et Hannah se força à sourire, essayant de cacher sa surprise. Matthew lui jeta un bref regard complice, et elle dut se forcer à ne pas rire avec lui d'Ernest, si fier alors qu'il n'était pour l'heure que le dindon de la farce...

De toute évidence, Matthew avait parlé à Selma ou à Easton. Et elle l'adora en silence pour cela, réalisant tout à coup à quel point elle avait omis de lui donner certaines informations essentielles. Heureusement qu'il s'était préparé sans elle...

— Laissez-moi vous offrir un whisky, dit Ernest, prenant Matthew par le bras et le conduisant avec désinvolture vers l'un des stands de boissons. Hannah, tu nous attends ? Ce n'est peut-être pas la peine que tu t'infliges cette conversation entre hommes...

Nerveuse, Hannah regarda Matthew avec un air de panique, mais il lui fit un signe de tête rassurant. Elle n'avait plus qu'à lui faire confiance. S'il échouait, ils étaient tous les deux foutus...

———

Tout le long de sa conversation avec Ernest, Matthew réussit à garder son calme et à donner le change. Finalement, les questions que lui avait posées le beau-père d'Hannah n'étaient pas très pointues ; Matthew avait manifestement marqué des points en connaissant son nom de famille, et Ernest n'avait pas voulu le piéger. Heureusement que Selma lui avait dit, la veille, qu'il n'était que le beau-père d'Hannah, sinon il n'aurait jamais lancé une recherche Google sur l'avocat avant l'arrivée d'Hannah. C'était ainsi qu'il avait découvert qu'Ernest était un personnage influent du Texas, et — surtout — qu'il avait pris connaissance de son nom de famille.

Ernest n'avait pratiquement parlé que de lui. Matthew trouva étrange qu'il ne lui pose pas davantage de questions sur lui, sur son travail, ou sur ses intentions avec Hannah, mais, au fond, il lui en fut reconnaissant car cela lui évita de devoir mentir.

Plus tard dans la soirée, après que tout le monde, y compris Matthew et Hannah, eut commencé à danser, Ernest revint lui parler.

— Nous vous avons fait préparer la chambre d'Hannah, bien sûr, lui dit-il à brûle-pourpoint. Hannah n'a jamais vécu ici, mais Amelia lui a réservé une chambre dans laquelle elle a mis ses vieilles affaires. Nous aimons savoir qu'Hannah a sa place, et qu'elle est ici chez elle.

Matthew se contenta d'acquiescer d'un hochement de tête, réalisant alors que lui et Hannah allaient partager le même lit. Bien sûr, il aurait dû s'y attendre —

après tout, ils étaient supposés être en couple – mais il n'avait pas laissé son imagination aller aussi loin.

— Pour être honnête, reprit Ernest, Amelia est un peu à l'ancienne et aurait préféré que vous dormiez dans une pièce séparée, mais je lui ai dit que cela ne se faisait plus, lui confia-t-il avec un sourire complice.

— Oh, mais je ne voudrais surtout pas contrarier la mère d'Hannah…, répondit Matthew, sautant sur l'occasion.

— Absolument pas ! Ne vous inquiétez pas ! le rassura Ernest. Elle est certainement moins contrariée que la dernière fois qu'Hannah a amené… quelqu'un… avec elle.

Matthew le regarda d'un air interrogateur, mais Ernest n'en dit pas davantage.

— Et puis, entre hommes, il faut bien se serrer les coudes ! ajouta-t-il en lui tapotant sur l'épaule.

Ce n'est que plus tard, lorsque lui et Hannah entrèrent dans la chambre, qu'il se souvint de ce que lui avait dit Selma et qu'il comprit le sous-entendu d'Ernest.

— La dernière fois que tu es venue ici, c'était avec une femme, n'est-ce pas ?

— Oui, et alors ? lui demanda-t-elle, les yeux écarquillés.

— Alors rien, répondit-il en levant la main pour désamorcer la tension qu'il sentait en elle. C'est juste que je viens de comprendre ce qu'Ernest a voulu me dire, tout à l'heure.

— J'imagine ! rétorqua-t-elle en riant légèrement, à nouveau détendue. On ne peut pas dire qu'il ait été très à l'aise avec ça !

— Et ta mère ?

— Ma mère, soupira-t-elle. Tu te souviens de ce que je t'ai dit à propos du fait qu'elle avait perdu son identité... ? répondit-elle en s'asseyant sur le rebord du lit. Je suis désolée en tout cas ; c'est assez gênant de t'obliger à partager mon lit...

Il vint s'asseoir à côté d'elle.

— Je crois que nous allons survivre, plaisanta-t-il.

Il tâchait d'avoir l'air confiant, mais la vérité était qu'elle avait raison. Le simple fait de s'asseoir à côté d'elle le déconcertait. Il se souvenait de ce qu'il avait ressenti en la tenant dans ses bras, plus tôt, sur la piste de danse. À un certain moment, alors qu'ils avaient dansé plusieurs slows, et luttant contre lui-même, il avait voulu se détacher d'elle et quitter la piste, mais elle l'avait retenu, le serrant plus fort contre elle, en prétextant que ses parents étaient en train de les regarder. Il ne savait pas si c'était vrai ou si c'était une excuse pour continuer de danser avec lui...

— Bon..., euh..., balbutia-t-elle, gênée. Peut-être devrions-nous dormir, maintenant ? La salle de bain est juste là, dit-elle en faisant un signe de tête en direction de la porte qui donnait dans sa chambre. Commence, si tu veux, j'irai après.

Matthew alla prendre une douche et se brosser les dents, et, lorsqu'il revint dans la chambre, en tee-shirt et boxer, elle leva les yeux de son téléphone, visiblement décontenancée. Elle ne put s'empêcher de parcourir du regard son corps parfaitement musclé, finissant par relever les yeux vers son visage. Ils se fixèrent un moment, et Matthew sentit une chaleur naître en lui.

— Je suis vraiment désolée ! dit-elle trop rapidement, pour dissimuler son trouble. Je ne voulais pas regarder, mais bon... tu es quand même très beau, c'est difficile de ne pas t'admirer !

Sa remarque les fit rire tous les deux, et la tension disparut instantanément.

— Je vais aussi aller prendre une douche, finit-elle par dire. Tu peux te coucher si tu es fatigué, et n'hésite pas à faire un mur d'oreillers entre nous si jamais tu as peur que je te saute dessus ! plaisanta-t-elle.

— Ça va aller, j'ai le sens de l'aventure ! rétorqua-t-il, se forçant à repenser à la douche froide qu'il venait de prendre pour qu'Hannah ne voie pas l'effet que sa menace avait sur lui.

Comme elle le lui avait suggéré, il se coucha, mais ne fit pas de mur d'oreillers. Lorsqu'Hannah sortit de la salle de bain en débardeur et short de nuit, il ne put s'empêcher d'imaginer le plaisir qu'il ressentirait à sentir ses longues jambes fines serrées autour de lui. Elle était si désirable qu'il fut sur le point de le lui dire et de lui demander ouvertement de coucher avec elle, mais il ne pouvait pas faire ça. Pas dans ces conditions, alors qu'ils étaient obligés de partager le lit. Il préférait attendre une occasion plus romantique.

Il se mit sur le côté, lui tournant le dos.

— T'as raison, dit-elle. Je vais faire pareil. C'est certainement moins gênant et tentant...

— Tentant ? répéta-t-il.

Elle ne répondit pas.

— Hannah ?

— Excuse-moi, je ne voulais pas dire ça...

— Aucun problème, répondit-il. Je suis flatté !

— Je t'ai déjà dit que tu étais magnifique, je ne vais pas te le répéter toute la nuit ! rit-elle.

— Tu ne me l'as dit qu'une seule fois... tu as de la marge, répondit-il en plaisantant.

Il bougea légèrement et son dos toucha celui d'Hannah, provoquant en lui une chaleur si intense qu'il dut fermer les yeux pour tenter de garder le contrôle.

— En plus, le lit est tout petit, fit-il mine de râler en augmentant la distance entre eux.

— Très, confirma-t-il.

Elle bougea à nouveau, et, cette fois, son pied effleura le mollet de Matthew.

— Tu le fais exprès ?

— Qu'est-ce que je fais ?

Sa voix était si basse qu'il pouvait à peine l'entendre.

— Hannah…

— Je sais. Je suis désolée. C'est juste que…

Elle se retourna et il sentit son souffle contre sa nuque, et sa main posée sur sa hanche.

— … Je ne veux pas forcément vivre une histoire d'amour en ce moment, mais cela ne veut pas dire qu'on ne peut pas coucher ensemble, juste comme ça…

Il ferma les yeux. Il devait dire non. Il devait s'éloigner.

Il aurait dû aller dormir par terre. Mais il n'en fit rien.

— C'est vraiment ce que tu veux ? lui demanda-t-il, le souffle court.

— Oui… Seulement ce soir, répondit-elle doucement. Nous n'avons qu'à dire que nous jouons nos rôles, que c'est uniquement dans le cadre de la technique de la Méthode…

Il inspira profondément pour rester calme et ne pas succomber à son désir pour elle.

— Hannah, si tu ne penses pas vraiment ce que tu dis, il est encore temps de changer d'avis. Par contre, il faudrait que tu retires ta main de ma hanche, car je ne vais pas résister très longtemps…

— Comme ça ? murmura-t-elle en faisant glisser ses doigts le long de sa hanche, jusque sous sa chemise, contre sa peau brûlante.

Puis, lentement – très lentement – elle continua jusqu'à ses abdominaux inférieurs. Elle dut se rapprocher de lui pour suivre le mouvement de sa main, si bien qu'elle était désormais entièrement collée contre lui, sa poitrine contre son dos, son sexe contre ses fesses, et son souffle sur ses épaules.

Il ferma les yeux, tandis que la main d'Hannah glissait dangereusement sous l'élastique de son boxer. Il tentait de garder le contrôle, mais il sentait qu'il était trop tard. Il était déjà dur. Hannah enroula sa main autour de son sexe, laissant échapper un soupir de plaisir.

— Dis-moi que c'est moi qui suis responsable de ça. Que c'est de penser à moi qui t'a rendu si dur...

— Hannah, tu le sais...

— Tu aimes ? susurra-t-elle en faisant aller et venir sa main doucement le long de sa verge tendue, avec juste assez de pression pour le rendre fou.

— J'adore, soupira-t-il.

— Moi aussi, murmura-t-elle, se plaquant plus fort contre lui.

Doucement, elle embrassa son épaule, son cou, son oreille, tout en continuant de caresser sa queue, et de lui murmurer à quel point elle avait envie de lui.

— Quand tu m'as embrassée, tout à l'heure, lui dit-elle, j'ai failli avoir un orgasme.

Ce fut à cet instant que Matthew capitula. Lui

prenant la main, il roula sur le dos, la forçant à chevaucher.

— J'adore cette position, lui dit-elle en souriant.

Elle retira son débardeur, puis, avec des mouvements lents, elle libéra sa verge de son boxer. Elle se frotta alors contre son sexe, son short mouillé de désir, et ses fesses glissant lentement sur son bassin.

— C'est moi qui devrais m'occuper de toi, gémit-il en la regardant.

— Tu vas t'occuper de moi, mais plus tard. Les dames d'abord...

Elle se pencha sur lui et l'embrassa langoureusement, longtemps, ses seins écrasés sur son tee-shirt, ses mains caressant son torse.

Puis, se redressant, elle quitta son short dans un mouvement gracieux, tout en restant sur lui. Lorsqu'il découvrit qu'elle ne portait pas de sous-vêtements, il inspira profondément pour ne pas venir tout de suite. Son sexe était si parfaitement épilé qu'il était entièrement offert à lui, excitant et déconcertant.

— Ça va ? lui demanda-t-elle, frottant doucement sa vulve contre sa verge dure comme le roc.

— C'est un euphémisme, murmura-t-il, n'ayant aucune idée de la manière dont il réussissait encore à articuler.

Elle le fixait avec un sourire provocateur, bougeant de plus en plus vite sur ses hanches, d'avant en arrière.

Son sexe était si moite qu'il dut fermer les yeux pour se retenir d'éjaculer avant même de la pénétrer. La sensation était si douce qu'il voulait qu'elle dure. Surtout, il voulait être en elle.

— Tu as un préservatif ? lui demanda-t-il, le souffle court. Je n'en ai pas apporté.

Il s'en voulut pour cela – il devait cesser de toujours être un parfait gentleman !

— J'en ai peut-être dans mon sac à main. Mais je ne suis pas sûre...

Elle rampa hors de lui et il l'entendit renverser le contenu de son sac sur le sol. Il sourit lorsqu'elle poussa un cri de triomphe.

— Un ! s'exclama-t-elle. T'as intérêt à en faire bon usage, le taquina-t-elle en remontant sur le lit.

— Je pense que je devrais y arriver, en effet, déclara-t-il.

Puis il la prit par les épaules et la fit basculer sur le dos, montant à son tour sur elle.

CHAPITRE HUIT

— DÉSHABILLE-TOI, le supplia Hannah, ne supportant plus la moindre barrière entre sa peau et celle de Matthew.

— Pas tout de suite, murmura-t-il en se penchant sur elle pour l'embrasser.

Elle n'avait aucune idée de ce qu'il avait fait du préservatif qu'elle lui avait donné, mais elle savait avec certitude que s'il le perdait, elle serait extrêmement malheureuse. La manière dont il caressait ses seins, pinçant doucement ses mamelons, était délicieuse et la transportait.

— Continue, gémit-elle. Ne t'arrête pas...

Il continua, mais fit glisser l'une de ses mains le long de son ventre, jusqu'entre ses jambes, puis enfonça deux doigts en elle. Aussitôt, Hannah se mit à bouger ses hanches, accompagnant le va-et-vient de ses doigts. Le plaisir était intense ; elle était au bord de l'orgasme, sans y être pourtant tout à fait. Plus rien d'autre ne comptait la sensation que les doigts de Matthew provoquaient en elle, la faisant oublier tout le reste.

— Tu es tellement belle, murmura Matthew. Vas-y, ma belle, laisse-toi aller, l'encouragea-t-il en caressant son clitoris avec son pouce.

Elle se cambra, si près de l'orgasme qu'elle gémit de frustration.

Ayant pitié d'elle, il roula sur le dos et la positionna sur lui, retirant son tee-shirt, tandis qu'Hannah retira son caleçon, libérant sa verge longue et dure. Aussitôt, elle le chevaucha, s'empalant sur lui avec un doux cri de plaisir. Elle était si avide de le sentir en elle qu'elle en oublia le préservatif. Matthew la saisit par les bras pour tenter de l'arrêter, mais elle le regarda et continua, lui montrant qu'elle ne voulait pas du préservatif ; elle ne voulait qu'une chose : monter et descendre sur sa queue douce et chaude.

Elle prit sa main, replaçant son pouce contre son clitoris, puis se cambra en arrière, le chevauchant de plus en plus vite. Elle se laissa bercer par sa main sur son sein, son doigt sur son clitoris, et son sexe en elle. Elle fermait les yeux, concentrée sur son plaisir, sentant l'orgasme se rapprocher. De plus en plus vite. De plus en plus intensément.

Lorsque, soudain, tout en elle vola en éclat, une

vague de plaisir la traversant avec une force inouïe. Son cœur palpitait, ses muscles se contractaient autour de la queue de Matthew. Elle sentit alors qu'il jouit à son tour, libérant à l'intérieur d'elle un liquide chaud et doux qui lui provoqua une deuxième vague de plaisir, presque aussi intense que la première.

— C'était fou..., murmura-t-elle, s'effondrant sur lui.

— C'était incroyable, confirma-t-il, reprenant son souffle. Accorde-moi une minute et je te mange la chatte comme jamais personne ne te l'a mangée...

Elle rit joyeusement à cette perspective, son corps frémissant d'anticipation.

— J'adorerais, dit-elle, sauf que...

Elle s'interrompit, puis le regarda, appuyée sur son coude.

— Quoi ?

— Ben...

— Ah oui, c'est vrai..., finit-il par comprendre. Seulement ce soir. Technique de la Méthode, c'est ça ?

Elle expira.

— Je t'aime beaucoup, Matthew, vraiment. Mais je suis sur le point de créer mon entreprise. Je n'ai pas de place dans ma vie pour une relation. Pas même pour quelque chose de léger... C'est trop d'énergie, tu comprends ?

— Je comprends...

— On finirait par s'attacher, argua-t-elle, sentant qu'il n'était pas convaincu.

— Pas de problème, Hannah, rétorqua-t-il. Nous avons un accord...

— Par contre, pour ce soir, tous les feux sont au vert..., suggéra-t-elle avec un sourire malicieux.

— Mets-toi sur le dos et écarte les jambes, lui ordonna-t-il les yeux pétillants. Je te promets que tu ne vas pas être déçue...

———

Il avait raison, pensa Hannah en s'asseyant à la table du petit déjeuner, le lendemain matin. Elle se souvenait de tout ce qui s'était passé la nuit d'avant avec une telle précision qu'elle avait l'impression de ressentir à nouveau les mêmes sensations.

Son corps était chargé d'une énergie nouvelle et elle se sentait merveilleusement détendue. Elle ne regrettait qu'une chose : que cela ne puisse pas se reproduire.

— Salut, déesse ! lança Matthew en s'asseyant à côté d'elle.

Il avait l'air incroyablement sexy dans un short kaki et un Henley blanc.

— Ils ont l'air délicieux ! dit-il en prenant des pancakes. Tu t'es levée tôt pour les faire ?

— C'est ma mère qui les a faits ! le corrigea-t-elle en

souriant. Même si je ne sais pas où elle... *oh ! Maman !*

Sa mère se précipita vers eux, ses talons claquant sur le carrelage.

— Chérie, excuse-moi, je dois me dépêcher. Nous avons une cérémonie à l'église ce matin...

— Mais je croyais que nous devions parler de l'argent ? demanda Hannah, désappointée.

Sa mère lança un regard embarrassé en direction de Matthew, puis se força à sourire.

— J'ai parlé avec Ernest hier soir, et je pense que, compte tenu de ta nouvelle situation, nous pouvons en effet te donner cet argent..., dit-elle en posant une main sur l'épaule de Matthew, et en faisant un clin d'œil à sa fille.

— Vraiment ? s'enthousiasma Hannah.

— Mais nous en reparlerons plus tard. Je t'appelle ! lança-t-elle en embrassant sa fille.

— Mais...

— Rentrez bien ! Et soyez prudents ! leur dit-elle en s'éloignant. J'étais vraiment contente de vous voir ! Bisou, Bisou !

— Maman ! s'impatienta Hannah.

Mais c'était inutile. Sa mère avait déjà quitté la pièce, laissant Hannah sans argent et avec un homme incroyablement sexy qu'elle avait banni de son lit.

Elle soupira et attrapa le sirop d'érable. Heureusement, les pancakes étaient en effet délicieux...

CHAPITRE NEUF
————————————

LORS DES TROIS jours qui suivirent leur retour à Austin, Hannah n'eut pas un seul instant pour penser à Matthew. Et pourtant, il réussit à être constamment dans ses pensées.

Il était dans sa tête pendant tout le temps où elle et Easton passèrent en revue une dernière fois les dispositions du bail, avant la signature qui devait avoir lieu le lundi suivant, vérifiant que rien n'avait été modifié sans leur consentement et qu'ils pouvaient se désengager dans le cas où la mère d'Hannah ne lui donnerait finalement pas son argent.

Il était dans sa tête durant les longues heures qu'elle passa au téléphone pour faire installer le téléphone et Internet dans leurs nouveaux bureaux. Et il était dans sa tête lorsque, assis dans leur salle de réunion, Easton et elle dressèrent la liste de leurs premiers clients, dont Selma et sa distillerie faisaient partie. D'ailleurs, Hannah ne put s'empêcher de proposer *Herrington's Gym* comme nouveau client à démarcher.

Easton avait déjà pris contact avec des dizaines d'entreprises locales, et tous deux enchaînaient les rendez-vous, essayant de rallonger leur liste de clients le plus possible.

Ils devaient également recruter des assistants juridiques et du personnel de secrétariat. Easton avait d'ores et déjà entrepris d'appeler quelques candidats et ils avaient commencé à faire passer des entretiens.

Chaque soir, elle regagnait son appartement épuisée. Mais toujours en pensant à Matthew. Un soir, en rentrant chez elle, elle fit même un détour par la rue où se trouvait sa salle de sport. Les fenêtres étaient teintées, mais de temps en temps, les rayons du soleil laissaient entrevoir quelques images de ce qu'il se passait à l'intérieur. C'est ainsi qu'elle l'aperçut, debout, à côté d'une presse à cuisse, en train de parler à une femme qui hochait la tête et buvait de l'eau. Soudain, comme s'il avait senti sa présence, il s'arrêta et se retourna, semblant chercher quelqu'un.

Elle ?

Avait-il réalisé qu'elle était là ?

Elle attendit, se disant que s'il sortait, ce serait un

signe qu'ils devaient prendre un verre ou dîner. Qu'ils devaient oublier leur accord et vivre leur passion. Mais il ne sortit pas et elle reprit le chemin de son appartement.

Le reste de la semaine fut toujours aussi chargé, et elle n'eut pas un moment de libre pour penser à lui tranquillement. Pourtant, il ne la quittait pas.

— Appelle-le ! lui suggéra son amie Shelby, après qu'Hannah lui eut raconté toute l'histoire alors qu'elles avaient rendez-vous au Starbucks du centre-ville.

— Ton discours a bien changé, mademoiselle, depuis que tu es avec Nolan ! lança Hannah à Shelby en riant. Ne me remercie pas, au fait !

Elle faisait référence au fait que Shelby Drake, qui était depuis toujours la parfaite BCBG, avait commencé à sortir avec Nolan Wood, le DJ d'une radio locale qui, lui, ne semblait avoir aucun filtre. Au début, Shelby ne savait pas comment aborder Nolan, et c'était Hannah qui lui avait conseillé comment faire. Depuis, Shelby et Nolan semblaient filer le parfait amour…

— Ne détourne pas le conversation ! insista Shelby en remettant ses lunettes sur son nez. Il ne fait aucun doute que ce type te plaît. Alors, appelle-le !

— Non… Je le pensais vraiment, tu sais, lorsque je lui ai dit que je devais rester concentrée sur la création du cabinet que je reprends avec Easton. Je n'ai pas le temps pour une relation.

— Tu n'as peut-être pas le temps, répondit Shelby en plaçant une mèche de son carré noir derrière son oreille, mais tu donnes quand même l'impression d'en avoir très envie...

Hannah fronça les sourcils. Elle ne voulait pas de relation. Vraiment. Mais elle devait admettre que quelques rendez-vous volés ne lui auraient pas déplu. Après tout, elle et Matthew pouvaient être sex-friends, non ? Ils étaient amis, le sexe semblait fonctionner entre eux : tous les ingrédients étaient réunis.

Elle quitta Shelby et retourna au bureau avec cette idée en tête, mais, lorsqu'elle fut à nouveau plongée dans toutes les choses qu'il y avait à faire pour le cabinet, elle se dit que ce n'était définitivement pas une bonne idée. Ni de relation, ni de moments volés... elle n'avait tout simplement pas le temps !

— Ça va ralentir, dit Easton en s'appuyant contre la porte de son bureau.

— Ah mais pas de problème ! s'exclama Hannah en se redressant, assise à son bureau. Tout va bien ! Je ne me plains pas du tout du rythme !

— Je sais, je sais, répondit Easton en riant. Je disais ça pour nous rassurer tous les deux. Là, on est en plein dans la période de démarrage, mais ça va finir par se calmer...

— Je ne suis pas inquiète, lui répondit Hannah avec un sourire rassurant.

— Selma l'est, dit-il, l'air désolé. Elle m'a fait

promettre de ne pas travailler ce week-end. Et si je ne suis pas là ce week-end, toi non plus !

Aussitôt, cette possibilité de ne pas être au bureau pendant deux jours la déstabilisa. Pourtant, elle aurait pu en profiter pour aménager son appartement, ou pour aller se faire faire un massage.

Ou pour voir Matthew ?

Elle fronça les sourcils, chassant cette pensée de son esprit.

— Qu'est-ce qui ne va pas ? lui demanda Easton.

— Rien, le rassura-t-elle. Je suis juste en train de me demander si je vais profiter de ce temps libre pour me faire faire un massage ou un enveloppement corporel. Quitte à ne pas travailler, autant faire les choses en grand !

— T'as raison, rit-il. Bon, je vais finir à la maison, ajouta-t-il en désignant son cartable en cuir noir, à ses pieds. Rendez-vous demain ? Nous serons vendredi : Friday Wear !

Elle acquiesça d'un signe de tête et leva une main pour le saluer.

Dès qu'elle fut seule, elle se pencha en arrière sur sa chaise, essayant de décider si elle devait rester au bureau ou, comme Easton, emmener une partie de son travail chez elle. Elle venait juste de décider de rentrer chez elle lorsque son téléphone de bureau sonna.

— Wallace et Donovan ! dit-elle en décrochant.

Elle adorait dire ça !

— C'est tellement beau à entendre ! s'exclama sa mère à l'autre bout du fil. Ma chérie, je suis si fière de toi !

— Suffisamment fière pour me donner enfin l'argent de l'assurance de papa ? demanda-t-elle de but en blanc, décidée à en découdre avec cette histoire.

— Pourquoi n'en parlerions-nous pas demain ? lui demanda sa mère.

Le cœur d'Hannah se mit à battre à toute vitesse.

— Demain ? répéta-t-elle, paniquée. Nous pouvons en parler maintenant, si tu veux. Je veux dire, je suis...

— Il vaut mieux que nous en parlions de vive voix, l'interrompit sa mère. Ernest et moi serons en ville, et nous avons pensé que nous pourrions dîner avec toi et Matthew pour célébrer vos fiançailles. Nous n'avons pas beaucoup eu le temps de le connaître, la dernière fois...

— Maman, est-ce que tu es en train de me dire que tu ne comptes pas me donner cet argent ?

— Pas du tout, ma chérie ! Je dis simplement que nous serions très heureux de dîner avec vous. Ernest et moi avons tous deux été charmés par Matthew. Sept heures ? Je réserve aux *Trois fourchettes*, si tu veux ? Matthew aime la viande, je suppose ?

— Je... Euh... oui, balbutia-t-elle. Mais...

— Parfait ! Je dois filer. Mais on se dit à demain ! Je t'aime, ma chérie !

— Mais...

Trop tard. Sa mère avait raccroché.

Discussion ? Fiançailles ?

Désespérée, Hannah se prit la tête dans les mains. Elle avait encore besoin de Matthew. Et elle espérait vraiment qu'il ne refuserait pas.

CHAPITRE DIX

IL AURAIT DÛ REFUSER !

Matthew arpentait le trottoir devant les _Trois four-chettes_, rue Lavaca, dans le centre-ville d'Austin. Il vérifia sa montre. Hannah lui avait donné rendez-vous à dix-huit heures quarante-cinq pour qu'ils puissent discuter avant de rencontrer ses parents à sept heures. Il était six heures quarante-huit.

Il aurait vraiment dû dire non. La revoir était trop troublant et perturbant. Depuis qu'ils étaient rentrés de chez ses parents, le dimanche, il n'avait fait que penser à elle. À tel point qu'il avait même imaginé la voir dans la rue, devant sa salle de sport, en train de le regarder. Il avait terriblement envie d'elle, d'être avec elle.

Mais il savait aussi qu'elle ne voulait pas de lui. Non seulement elle avait clairement indiqué qu'elle n'était pas intéressée par une relation pour le moment, mais, en plus, il savait parfaitement qu'en tant avocate, elle n'allait pas s'afficher au bras d'un petit prof de sport.

Il regarda à nouveau sa montre. Six heures cinquante.

Il lui accorda une minute de plus. Si elle n'était pas là à six heures cinquante et une, il lui enverrait un SMS avec une excuse et il...

— Matthew !

Lorsqu'il la vit, il fut submergé par un profond sentiment de soulagement. Il n'essaya même pas de retenir son sourire alors qu'elle se précipitait vers lui, magnifique, dans un tailleur pantalon noir et un chemisier en soie blanche. L'inverse de la femme sauvage avec laquelle il avait couché, mais cette version d'elle lui plaisait autant que l'autre. Rien, chez elle, ne lui déplaisait. Tout lui semblait fascinant, et il regretta d'autant plus qu'elle lui ait clairement fait comprendre qu'elle ne voulait pas être en couple.

De toute évidence, elle arrivait directement de son travail. Lui aussi d'ailleurs, mais heureusement, il avait pris le temps de se doucher et de se changer dans les vestiaires. Il portait les mêmes vêtements qu'ils avaient achetés à Dallas – ce n'était pas très original, mais c'était tout ce qu'il avait dans le genre, et, surtout, cette tenue semblait avoir fait ses preuves.

— Très classe ! lui dit-elle en souriant, touchant la manche de sa veste de costume.

— Tu crois qu'ils vont remarquer que c'est le même que l'autre jour ? demanda-t-il, résistant à l'envie de la prendre dans ses bras et de l'embrasser.

— Si jamais ils le remarquent, ils ne diront rien de toute façon. Merci vraiment d'avoir accepté de m'aider encore une fois, soupira-t-elle en le regardant droit dans les yeux, avec l'air d'être véritablement soulagée. Mais je suis vraiment ravie de te revoir, ajouta-t-elle avec un large sourire.

— Je t'en prie, la rassura-t-il. Ils vont te donner l'argent, donc ? Ou ce dîner est encore un test ?

— Honnêtement, je n'en sais rien. Mais je suppose qu'en effet, ils veulent à nouveau nous tester. Sauf s'ils me tendent un chèque tout de suite ! rit-elle. Ça ne te dérange pas de faire semblant à nouveau ? lui demanda-t-elle en prenant sa main.

— Aucun problème ! Nous sommes rodés, maintenant... Je me dis que ce dîner est notre rappel !

— Mais donc tu aimes vraiment le théâtre ! le taquina-t-elle en lui donnant un petit coup de hanche. Je vais peut-être finir par te convaincre de m'emmener à un spectacle...

Il pencha la tête, essayant de voir si elle était sérieuse.

— Tu sais que j'ai un ami qui a beaucoup de relations

dans ce milieu, lui dit-il. Je pense pouvoir avoir des places pour à peu près tout ce que tu veux…

— Là, tu marques des points ! Ça me donne presque envie de t'épouser ! rétorqua-t-elle, amusée.

Il était sur le point de lui répondre, mais un klaxon de voiture leur fit tourner la tête. Reconnaissant sa mère et Ernest, Hannah se précipita vers eux, puis les embrassa tandis qu'ils descendirent de leur voiture avec chauffeur, le groom du restaurant leur ouvrant la portière.

— Quel plaisir de vous revoir, dit Ernest à Matthew, enchaînant immédiatement sur le récit d'un déjeuner politique auquel ils avaient assisté cet après-midi au profit d'un candidat prometteur qui briguait le poste de gouverneur. La politique est un terrain miné, poursuivit-il lorsqu'ils furent assis à leur table et que le vin leur fut servi. Personne n'a envie de s'y aventurer, mais, une fois que vous êtes dedans, il est difficile d'en sortir ! Et vous, Matthew ? Êtes-vous intéressé par la politique ?

— Pas particulièrement, répondit Matthew.

Il eut le sentiment que ce n'était pas exactement la réponse qu'Ernest Pierpont aurait souhaitée, mais comme il se savait incapable de parler politique – à laquelle il ne connaissait presque rien – c'était la seule réponse qu'il pouvait donner.

— Remarquez, lui dit Ernest, je vous comprends… Après tout, vous ne faites que diriger une salle de sport ;

j'imagine que les enjeux plus importants vous ennuient terriblement...

Matthew se figea, et son regard croisa celui paniqué d'Hannah.

— Matthew est...

— Directeur d'une salle de sport, comme vous l'avez dit, l'interrompit Matthew d'une voix calme et posée.

Il but une gorgée de vin, surtout pour se laisser le temps de réfléchir à ce qu'il allait dire.

— Je vous dois des excuses pour vous avoir menti, reprit-il. Hannah voulait vous dire ce que je faisais dès le début, mais c'est moi qui lui ai demandé de mentir car je n'étais pas à l'aise. Hannah a essayé de me convaincre que je n'avais pas à rougir de ma situation, que je travaillais depuis l'âge de seize ans. Que j'avais commencé avec un prêt de cinq mille dollars accordé par mes parents, et que je n'avais aujourd'hui plus aucune dette, et trois salles de sport à Austin qui marchent très bien. Tellement bien que je suis même propriétaire de tout l'immeuble dans lequel se trouve la première salle que j'ai créée, dans le centre d'Austin, et qui, franche-ment, vaut une petite fortune...

Il prit une inspiration, étonné lui-même de réussir à parler si clairement et calmement alors que, à l'intérieur de lui, son cœur battait si fort qu'il avait l'impression qu'il venait de courir un marathon.

— Elle m'a assuré que vous seriez admiratif de tout ce

que j'avais réussi, reprit-il sans regarder le visage d'Ernest, car s'il le faisait, il perdrait certainement son sang-froid. Que vous verriez la même chose en moi que vous avez vue chez Amelia – ce courage qu'elle a eu de reprendre ses études après avoir perdu son mari et être devenue mère célibataire.

Sous la table, les doigts d'Hannah s'enfoncèrent dans sa cuisse. Il prit une autre gorgée de vin, résistant à l'envie de regarder Hannah.

— Elle m'a aussi dit qu'un homme comme vous – un homme qui comprend les gens et les affaires – respecterait ce que j'ai fait. Et, après avoir parlé avec vous, chez vous, je me rends compte qu'elle avait raison. Mais avant de vous rencontrer, monsieur... eh bien, j'avoue que vous m'intimidiez. C'est pour cela que j'ai préféré mentir et être l'homme que je croyais que vous vouliez pour votre fille, et non l'homme que je suis vraiment.

Une autre gorgée de vin. Une autre profonde inspiration. Puis il osa regarder Ernest droit dans les yeux.

— J'espère que vous pourrez me pardonner de vous avoir sous-estimé, monsieur. Je vous assure qu'Hannah n'y est pour rien...

— Bien, dit Ernest en se penchant en arrière et en regardant tour à tour Matthew et Hannah.

— Eh bien ! s'exclama Amelia. Je ne me souviens pas de la dernière fois que je t'ai vu sans voix, commenta-t-elle en faisant un clin d'œil à Matthew. Je pense que vous l'avez impressionné !

— C'est en effet le cas, mon garçon, confirma Ernest. Tu t'es choisi un homme bien, on dirait, dit-il à Hannah avec un large sourire.

— C'est vrai, répondit-elle, en regardant Matthew dans les yeux, la main toujours sur sa cuisse. J'en suis persuadée...

— Les cinquante mille dollars sont sur un compte que je ne peux pas casser avant un an, lui dit sa mère. Mais j'ai cette somme sur un autre compte ; je peux te faire un chèque dès la semaine prochaine, si tu veux ? Nous revenons à Austin mercredi soir, cela t'irait ?

La main d'Hannah serra tellement fort la cuisse de Matthew qu'elle lui coupa presque la circulation, mais elle resta impassible. Elle garda son calme, sourit, et remercia Ernest et sa mère avant de lever son verre pour porter un toast à cette bonne nouvelle.

Elle garda sa main sur la cuisse de Matthew tout le reste du dîner, ne l'enlevant que lorsque c'était absolument nécessaire. Ce fut en partie à cause de ce contact intime, et en partie en raison de la montée d'adrénaline qu'il avait ressentie après son long discours, que Matthew ne se souvenait absolument de rien du reste du dîner, à part le fait qu'il ait mangé de la viande, regardé Hannah, prit un cheesecake en dessert, et reçu une violente tape dans le dos de la part d'Ernest avant que lui et Amelia ne regagnent leur voiture et leur hôtel.

— Nous rentrons à Dallas demain matin, déclara Amelia. Mais nous nous reverrons la semaine prochaine, lorsque nous apporterons le chèque à Hannah.

— C'est parfait ! répondit Matthew, espérant secrètement avoir développé un cas bénin d'Ébola d'ici là.

Car, honnêtement, il ne pensait pas pouvoir supporter de faire semblant encore une fois.

— Hé ! lui dit Hannah lorsque la voiture de ses parents s'éloigna. Merci beaucoup d'être venu ce soir et, surtout, d'avoir si bien répondu à Ernest. Tu m'as vraiment impressionnée !

— Je t'en prie, répondit-il. Je suis surtout content pour toi que tu aies obtenu ton argent.

— C'est grâce à toi, lui dit-elle en souriant, son visage s'illuminant comme celui d'un enfant à Noël.

— Tu aurais fini par l'obtenir tôt ou tard, minimisa-t-il.

— Mais cela aurait trop tard ! insista-t-elle. Jeudi est le dernier jour où nous pouvons renoncer au bail et récupérer l'argent que nous avons déposé. Sans cet argent, je serais passée à côté de ma carrière. Mais, grâce à toi, je vais pouvoir annoncer à Easton que nous sommes officiellement associés ! Je suis tellement contente !

— Je suis vraiment très heureux pour toi, répéta-t-il en lui prenant les mains.

— Et, je me demandais...

Il pencha la tête.

— Quoi ?

— Je me disais que... euh..., balbutia-t-elle les joues rosies. Je me disais que tu pourrais peut-être m'inviter à prendre un dernier verre chez toi ?

Une vague de plaisir envahit Matthew.

— Je suis désolé, c'est impossible, dit-il pourtant, avec un air de regret.

— Oh...

La profonde déception qu'il perçut dans la voix d'Hannah était probablement le plus beau compliment qu'il ait jamais reçu.

— Je ne rentre pas à la maison, ce soir, ajouta-t-il.

— Oh... Okay..., répondit Hannah. Attends, tu es en train de me dire que tu as un rendez-vous ? demanda-t-elle, inquiète.

— En fait, oui, répondit-il avec un sourire espiègle. Elle a cinq ans et est vraiment adorable.

Hannah le regarda d'un air vide, ne comprenant rien à ce qu'il lui racontait.

— Je fais du baby-sitting ce soir ! dit-il en riant. Mais tu peux venir avec moi, si tu veux...

———

— Encore, s'il te plaît, Matthew ! Encore un chapitre !

Hannah était dans la cuisine pendant que Matthew était dans le salon, en train de lire une histoire à Faith, la fille de Brent Sinclair, l'un des copropriétaires et responsable de la sécurité du *Fix*. Brent était célibataire, et Matthew le dépannait, parfois, lorsqu'il n'avait pas de solution pour faire garder sa fille. Hannah ne savait pas s'il travaillait ce soir-là ou s'il avait un rendez-vous. Tout ce qu'elle savait, c'était que c'était Selma qui avait veillé sur Faith la première partie de la soirée, et qu'elle eut l'air particulièrement soulagée de voir Hannah et Matthew arriver pour prendre le relais.

En réalité, Hannah laissa Matthew s'occuper seul de la petite fille, la garde d'enfants n'étant pas en tête de la liste de ses compétences. En revanche, Matthew savait parfaitement s'y prendre. Lorsque Faith le supplia de lire un autre chapitre, il accepta mais en lui faisant promettre solennellement qu'ensuite, elle irait se coucher.

— Voilà, mademoiselle ! dit-il à la fin du chapitre. Maintenant, va vite dire bonne nuit à Hannah. Si tu te débrouilles bien, je suis sûr qu'elle acceptera même te de donner un verre de lait, plaisanta-t-il en regardant Hannah.

Hannah sourit et versa un verre de lait tandis que Faith se dirigeait vers elle avec enthousiasme. La petite fille but son verre, se jeta au cou d'Hannah avec affection, puis retourna en courant vers Matthew.

Alors qu'ils se dirigeaient tous les deux vers la

chambre de Faith, Hannah apporta une bouteille de vin sur la table basse, avec deux verres.

— Excellente idée ! déclara Matthew en revenant dans le salon et en s'asseyant à côté d'elle. Je ne sais pas comment une si petite fille peut être aussi épuisante ! dit-il en riant en versant le vin.

— Tu es vraiment super avec elle, déclara Hannah.

— Il faut dire qu'elle est franchement adorable. Brent a beaucoup de chance. Sauf...

— Sauf quoi ? s'enquit Hannah en se tournant légèrement pour mieux voir Matthew.

— C'est juste que... Disons que j'espère qu'il ne restera pas seul longtemps. Mais, à part ça, sa vie ressemble beaucoup à celle dont je rêve.

— Vraiment ? C'est-à-dire ?

— Je ne sais pas... Des amis, une maison, un enfant. Certes, il lui manque une femme, mais il a quand même beaucoup de choses que je n'ai pas et que j'aimerais avoir.

— Mais toi, tu as un travail qui te plaît.

— Oh, oui c'est vrai. Mais, pour moi, ce n'est pas le plus important.

Elle fut sur le point de lui rappeler qu'il avait très bien réussi, mais n'insista pas.

— Si c'est ce que tu veux, alors pourquoi ne sors-tu pas avec une femme ? lui demanda-t-elle à la place. Ou pourquoi ne t'es-tu jamais marié, d'ailleurs ?

Sa question était sincère, mais son ton trahissait son soulagement qu'il soit toujours célibataire. Instinctivement, elle était jalouse de toutes les autres filles qui auraient pu être avec lui. Elle regrettait même de lui avoir posé la question, et but une gorgée de vin pour se donner une contenance.

— Tu sais, répondit-il après quelques secondes. La plupart des femmes n'ont pas envie de sortir avec un mec qui n'a pas fait d'études et qui a du mal à faire tourner ses trois salles de sport...

— Qu'est-ce que tu racontes ? dit-elle en reposant son verre. Tes salles marchent bien, non ? Tu pensais même créer une franchise...

Il soupira.

— Je donne le change, mais la situation n'est pas si idyllique qu'elle n'y paraît. Mon entreprise se porte bien, c'est vrai. Mais l'une de mes salles ne marche pas aussi bien que je le voudrais et je pense que je vais devoir m'en séparer avant qu'elle ne fasse baisser mes résultats.

— Tu as raison. Mais cela ne remet pas en cause ton projet de franchise, si ?

— Dans le fond, non. Mais, dans les faits, c'est lorsque j'ai acquis ma troisième salle que j'ai commencé à voir plus grand. Je me suis dit, et pourquoi pas des dizaines, voire des centaines de salles Herrington ? Mais si je ne suis même capable de gérer trois salles...

— Je ne vois pas le problème, le rassura-t-elle.

— C'est vrai, ce n'est peut-être pas ça le problème, admit-il. J'adore ce que je fais, dit-il en la regardant dans les yeux. Mais je ne veux pas passer tout mon temps au travail. J'ai aussi envie d'avoir une famille. Et je ne suis pas certain de pouvoir y arriver si je me retrouve à devoir gérer une centaine de salles à travers tout le pays.

— Beaucoup de gens y arrivent, tu sais. Tu ne serais pas le premier à avoir une carrière de haut vol et une famille.

— Peut-être, mais je sais que je n'y arriverais pas. Disons que je ne suis pas comme la plupart des gens, conclut-il en souriant.

— C'est vrai, dit-elle doucement, pensant à tous ces avocats et hommes d'affaires qui partaient sans arrêt loin de chez eux et qui tenaient à vérifier eux-mêmes le moindre rapport afin de s'assurer que tout était parfait – accordaient-ils autant d'importance que Matthew à la famille ? Tu n'es pas comme eux... ajouta-t-elle.

— Et toi ? lui demanda-t-il. Tes relations ? Ta carrière ?

— Je n'y ai pas beaucoup réfléchi, honnêtement. Sauf pour ma carrière. J'ai fait tellement longtemps un travail que je n'aimais pas que je suis prête à consacrer beaucoup de temps à développer le cabinet qu'Easton et moi sommes en train de mettre en place.

Elle but une gorgée de vin, puis se tourna vers lui.

— Je suppose que je ne suis pas aussi équilibrée que toi ! ajouta-t-elle en souriant.

Elle pensait qu'il rirait, mais il se contenta de soutenir son regard.

— Je crois au contraire que tu es parfaite, dit-il doucement.

Elle lui sourit. Ils se fixèrent un long moment, puis, lentement, elle posa son verre et posa sa main sur sa cuisse. Il se raidit, et elle fut certaine qu'il ressentit la même décharge électrique qu'elle.

— Matthew…, murmura-t-elle.

Sans lui laisser le temps de terminer ce qu'elle allait dire, il l'attira à lui et l'embrassa.

Elle se laissa happer par se baiser comme par un doux rêve. Elle plaqua son corps contre le sien, se rendant littéralement à lui. Elle voulait tout de lui.

Matthew la serra plus fort contre lui, l'embrassa plus passionnément, mêlant sa langue à la sienne. Il sentait son corps mince vibrer sous ses doigts, et, lorsqu'il s'écarta doucement d'elle, la vit presque pleurer de frustration.

— Nous ne pouvons pas, dit-il. Pas ici. Pas avec Faith juste à côté, dit-il à regret, le regard empli de désir pour elle.

Elle aurait voulu argumenter, lui dire que Faith ne se réveillerait pas – mais elle se surprit à hocher la tête.

— Si pas maintenant, alors quand ?

Elle se mordit la lèvre, tétanisée à l'idée qu'il puisse ne pas lui répondre.

— Demain ? suggéra-t-il.

— Je..., oui. Bien sûr, balbutia-t-elle, folle de joie et soulagée.

— Je passerai te prendre à sept heures, lui dit-il avec un large sourire en caressant doucement son visage.

CHAPITRE ONZE

MATTHEW ne se souvenait pas de s'être senti aussi nerveux pour un rendez-vous. Ce qui était absurde, tout bien considéré. Après tout, il savait que ce n'était pas un rendez-vous d'amour, qui impliquait son avenir. Ce n'était qu'une question de sexe, de désir physique. Rien de plus. Il s'était répété maintes et maintes fois qu'Hannah ne voulait pas de relation durable, et qu'il ne devait pas s'imaginer quoi que ce soit. Elle mettait toute son énergie dans la construction de sa carrière, et il respectait cela.

Pourtant, malgré tout cela, il était aussi nerveux qu'un adolescent emmenant une fille au cinéma pour la toute première fois. Car il avait beau savoir qu'elle ne voulait rien avec lui, lui voulait tout avec elle. C'était plus fort que lui. Il voulait sentir à nouveau cette électricité qu'il y avait chaque fois qu'il se touchait. Il voulait rire avec elle. Parler avec elle. Il avait envie de parcourir le monde avec elle, de l'embrasser à chaque coin de rue, et de ne plus penser à rien.

Il ne savait pas s'il était en train de s'engager dans une relation purement physique ou si, au fond de lui, il nourrissait l'espoir qu'Hannah finisse par changer d'avis, qu'elle ait, elle aussi, ressenti quelque chose de fort entre eux et qu'elle ait envie de se laisser porter par ses sentiments. Il ne savait pas. Mais, ce soir-là, il s'en fichait. Il ne voulait qu'une chose : la sentir contre lui.

— Tu es magnifique ! s'exclama-t-elle en lui ouvrant la porte.

Il pensa la même chose d'elle. Lui n'avait pas fait d'efforts particuliers ; il portait un jean et un tee-shirt. Elle, en revanche, était sur son trente-et-un. Elle avait tiré ses cheveux en arrière, laissant quelques mèches encadrer son visage, et portait une longue robe d'été en maille, qui moulait sa poitrine et ses hanches, et était évasée en bas.

— Toi aussi ! rétorqua-t-il, ravi de constater que son compliment la fit sourire.

— Tu veux entrer ?

— En fait, nous n'avons pas vraiment le temps...

— Ah bon ? s'étonna-t-elle avec amusement.

Mais elle ne posa aucune question. Elle s'empressa d'enfiler une paire de sandales et le rejoignit sur le palier, refermant la porte derrière elle.

Ils rejoignirent la voiture de Matthew, et il conduisit jusqu'à l'un des quais sous le pont MoPac. Il la conduisit ensuite vers la petite cabane en bois où l'un de ses clients, José, les attendait.

— Hé, mon pote ! appela José. Vous êtes prêts ?

— Nous allons faire du canoë ? demanda-t-elle.

— Sauf si tu as peur de l'eau ? répondit-il.

— Non, non... ça me va ! lança-t-elle avec un large sourire.

— Vous avez de la chance avec le temps, déclara José en leur montrant le canoë, dans lequel se trouvait une petite glacière, conformément aux instructions de Matthew, ainsi que quelques couvertures au cas où la température de ce début septembre se rafraîchirait.

— Merci beaucoup, dit Matthew à José. Je m'occupe de le ranger tout à l'heure, ajouta-t-il.

En général, José demandait à ses clients de ramener les canoës à vingt et une heures quinze, au plus tard, mais il avait accepté de faire une exception pour Matthew.

— Tu veux que je rame ? lui demanda Hannah lorsqu'ils furent installés.

— Certainement pas ! Toi, tu ne fais que profiter...

— J'adore ce programme ! dit-elle en souriant.

Plus jeune, Matthew avait fait partie d'un club d'aviron, et il retrouva avec un immense plaisir la sensation d'être sur l'eau. Il connaissait parfaitement le lac, et il dirigea tranquillement le canoë vers l'est, en direction du pont de Congress Avenue.

— Tu sais que c'est la première fois que j'en fais ? lui demanda-t-elle avec enthousiasme.

— Vraiment ? s'étonna-t-il.

— Oui, vraiment ! Je ne sais pas pourquoi, parce que c'est vraiment magnifique ! s'extasia-t-elle en regardant autour d'elle.

De chaque côté, les rives recouvertes de végétation donnaient sur des sentiers, des marais, et, plus loin, les immeubles du centre-ville. Le lac – qui s'appelait désormais Lady Bird Lake, mais qui portait le nom de Town Lake lorsqu'ils étaient enfants – partageait Austin en deux parties, la rive nord, et la rive sud. Techniquement, il faisait partie du fleuve Colorado, tout comme de nombreux autres Grands lacs en amont, qui avaient été créés, bien des années plus tôt, par le Corps des ingénieurs de l'armée des États-Unis. Quelle que soit leur forme, les lacs – qui avait en réalité la fonction de réservoirs – ajoutaient à la beauté de la région d'Austin et du Texas Hill Country

— Tu sais où nous allons ?

— Je vous emmène à l'endroit où Selma et moi allions tout le temps quand nous étions enfants. J'espère juste que j'ai bien calculé l'heure...

— Je suis très intriguée ! lança-t-elle avec un mélange de malice et d'excitation.

— Tu vas voir, c'est absolument splendide, renchérit-il en dirigeant le canoë près du pont de Congress Avenue. En plus, j'ai l'impression que nous sommes juste à l'heure pour le coucher du soleil.

Ils n'étaient pas les seuls sous le pont. Un plus gros bateau, sur le pont duquel un restaurant était installé, se déplaçait lentement, et un autre grand bateau, plus simple et bondé de passagers, naviguait également à une allure d'escargot. Tous venaient, comme Matthew et Hannah, voir les chauves-souris.

Austin accueillait en effet la plus grande colonie urbaine de chauves-souris mexicaines à queue libre du pays. C'était l'une des attractions locales.

— Tu en as déjà vu ? lui demanda-t-il, certain que c'était le cas.

— Oui, plusieurs fois, confirma-t-elle. Mais jamais depuis l'eau...

— Elles vivent sous le pont, expliqua-t-il. Tu verras, c'est incroyable de les voir d'ici et de...

Il s'interrompit, entendant le son familier du réveil des chauves-souris. Un petit grincement, un léger flotte-ment... Puis, comme par miracle, toutes semblèrent se réveiller au même moment. Des milliers de chauves-souris qui étaient cachées sous le pont, dans des crevasses, ou simplement camouflées, quittèrent leur perchoir, se laissèrent tomber à l'air libre, pour finalement s'élever, en un amas sombre, dans le ciel violet et orange de cette fin de journée.

De là où ils étaient, Matthew et Hannah étaient aux premières loges. Hannah poussa un cri d'émerveillement lorsque le nuage de chauves-souris passa au-dessus d'eux, et, en tournant son regard vers elle, Matthew constata avec plaisir que sa surprise avait eu l'effet escompté.

— C'était incroyable, s'enthousiasma-t-elle.

— C'est en référence à cette espèce de chauves-souris, les molosses, que Selma a appelé son entreprise Distillerie Molosse d'Austin.

— Je sais... Pareil pour son Bourbon Molosse, dit Hannah.

Elle se pencha en avant et prit sa main.

— Je te remercie. C'était vraiment magnifique !

— Attends, ce n'est pas fini ! annonça-t-il.

Il manœuvra le canoë jusqu'à un petit quai qu'il avait découvert un jour. Ce n'était pas le plus beau, mais il donnait sur une zone isolée de Zilker Park. Il amarra, aida Hannah à sortir, puis sortit la glacière et une couverture.

— Je me suis dit que tu apprécierais de pique-niquer au bord de l'eau, lui dit-il.

— J'adore ! confirma-t-elle.

Satisfait, Matthew sortit ce qu'il avait préparé : une salade de pâtes, des fruits, des craquelins, du fromage, du vin et des bougies.

Ils mangèrent aux chandelles, sirotant du vin en parlant de leur vie respective. Elle lui parla des réunions avec les clients, des problèmes de prescription, et d'un appel pour lequel elle et Easton avaient été mandatés. Le droit n'était pas la spécialité de Matthew et il ne comprenait pas tout ce qu'elle lui disait, mais il adorait l'écouter parler et se laissa bercer par son timbre de voix.

— Je t'ennuie ? s'inquiéta-t-elle au bout d'un moment, réalisant qu'il n'avait pas parlé depuis longtemps.

Elle lui versa un verre de vin.

— Pas du tout ! la rassura-t-il. J'étais simplement en train de me demander si la réglementation bancaire était constitutionnelle ou non...

— Tu veux que je t'explique ?

— Par pitié, non ! s'exclama-t-il, la faisant hurler de rire.

— Tu sais de quoi je voudrais parler ? lui demanda-t-elle.

Il s'allongea sur la couverture et lui prit la main, s'attendant à quelque chose de sexy ou de romantique.

— De la salle de sport que tu envisages de fermer.

— T'es sérieuse ? s'étonna-t-il en se redressant.

— Tout à fait sérieuse ! Où se situe-t-elle ? Dans le quartier de South Congress, c'est ça ?

— Oui, à quelques kilomètres d'ici, confirma-t-il. Pourquoi ?

— Nous pourrions aller la voir ! suggéra-t-elle.

— Maintenant ? demanda-t-il les sourcils levés. Tu te rends compte que tu es en train de chambouler tout mon programme sur le thème « pique-nique sensuel et romantique au bord du lac » ? plaisanta-t-il.

— Et alors ? Les salles de sport ne sont pas sensuelles ? demanda-t-elle en embrassant le bout de son nez. Nous pourrions peut-être y aller à pied ? Le canoë est bien attaché ?

— Il est parfaitement attaché, mais j'ai une meilleure idée, répondit-il.

Il l'aida à se relever et ils marchèrent sur les quelques mètres jusqu'à la route. Il ouvrit son application de covoiturage et, en quelques minutes, ils furent déposés devant sa salle de sport de South Congress.

— Elle est immense ! s'exclama-t-elle, une fois à l'intérieur.

— Justement, elle est trop grande, lui dit-il. Elle n'attire pas suffisamment de clients pour un tel espace.

— Je pense que c'est à cause de l'emplacement. Tu es juste à côté de tous les magasins du South Congress, et ce sont principalement des femmes qui se promènent ici. Non pas que les femmes ne font pas de sport, mais je pense qu'il faudrait que cet espace soit utilisé pour faire quelque chose qui leur soit plus approprié.

— C'est pour ça que je veux vendre, répondit-il.

— Mais je voulais dire que *toi* tu pourrais en faire

autre chose. Tu as déjà deux salles de sport avec des poids et des machines libres, et des cours individuels. Pourquoi ne pas te diversifier ? suggéra-t-elle. Tu pourrais par exemple proposer des cours de Pilates et de yoga. Les femmes raffolent de ce genre de sports. Tu pourrais aussi installer un bar à jus, et organiser des happy hours après le travail. Et des cours de vingt minutes pour les pauses déjeuner, et...

Elle s'interrompit, sentant son regard sur elle.

— Quoi ? lui demanda-t-elle.

— Rien, je te trouve simplement incroyable...

— Vraiment ? répondit-elle, flattée. Tu trouves que mes idées sont bonnes ?

— Je les trouve géniales, en fait ! confirma-t-il.

Il était sincère. Il réalisait que c'était à cause de son manque de compétences en affaires qu'il n'y avait pas pensé lui-même. Mais maintenant qu'elle lui avait fait part de ses suggestions, il voyait tout le potentiel qu'il pouvait en tirer.

— Tu sais ce que j'aime d'autre ? ajouta-t-il en s'approchant d'elle.

— Je crois deviner, sourit-elle.

— Je préfère te montrer, murmura-t-il en l'attirant contre lui.

Il l'embrassa longuement.

— Déshabille-toi, lui ordonna-t-il en la libérant de son étreinte.

Elle fut déstabilisée, mais ne discuta pas. Elle se déshabilla et se dirigea vers lui, complètement nue.

— À ton tour, maintenant, murmura-t-elle.

— Pas tout de suite, répondit-il. J'aime bien te voir comme ça…

Puis il la guida jusque vers un banc de développé couché sur lequel il la fit s'allonger, plaçant ses jambes de chaque côté. Son sexe était ouvert et humide – tellement humide qu'il faillit jouir rien qu'en le regardant.

Doucement, il se mit à genoux et enfouit son visage entre ses jambes. Elle avait un parfum de paradis et il ne résista pas à l'envie de la prendre, de se sentir en elle.

Il se releva pour se déshabiller et lui demanda de se mettre à genoux, sur le tapis. Aussitôt, elle s'exécuta. Il se plaça alors derrière elle et caressa ses fesses, sa queue tendue prête à la pénétrer. Il sortit le préservatif qu'il avait prévu et l'enfila. Dès qu'il fut prêt, il fit glisser son membre le long de sa vulve. Hannah gémit de plaisir et d'impatience, ce qui le fit durcir encore davantage.

— Je t'en supplie, prends-moi, l'implora-t-elle.

Incapable de résister davantage, il fit glisser douce-ment son sexe en elle. Elle était si serrée, si prête, si humide… C'était comme si elle l'attendait depuis toujours. Accentuant le va-et-vient, il se pencha sur elle pour caresser son clitoris. Instantanément, il sentit ses parois internes se contracter autour de lui, jusqu'à happer littéralement sa queue. C'était si intense, si excitant, qu'il jouit en elle sans pouvoir se retenir davantage, entraînant Hannah avec lui dans une vague de plaisir intense – un orgasme qui les engloutit tous les deux, les laissant sans forces, le cœur battant et le souffle court.

— C'est tellement bon, murmura-t-elle en se retournant et en se blottissant contre lui, son corps enroulé autour du sien.

Il adorait la sentir contre lui. Il se sentait bien. Trop bien peut-être... D'un coup, il se redressa.

— Matthew ? Qu'est-ce que tu fais ? lui demanda-t-elle, désemparée.

— Je suis désolé. Mais je...

Elle se redressa, s'appuyant sur ses coudes.

— Quoi ? l'encouragea-t-elle.

— Écoute Hannah, je... je sais que tu ne veux pas de relation sérieuse. J'ai compris. Je le respecte. Mais moi... Comment te dire ? Moi, je n'ai pas envie qu'une situation inconfortable s'installe entre nous, tu comprends ?

— Oh...

Elle s'assit à côté de lui, ramenant ses genoux contre sa poitrine. Puis elle rencontra ses yeux, et elle le regarda, emplie d'espoir.

— Et si j'étais d'accord pour que la situation devienne confortable ? suggéra-t-elle avec douceur.

— Qu'est-ce que tu dis ? lui demanda-t-il, méfiant.

— Je dis que j'ai envie d'être avec toi. Que je ne veux pas que nous soyons uniquement des sex-friends...

— Tu es sûre ?

Il n'en revenait pas. Comment pouvait-elle vouloir être avec lui alors qu'elle passerait les jours prochains à arpenter les couloirs du palais de justice, tandis que lui serait en train de négocier les tarifs de nouveaux vélos elliptiques ?

— Oui, je suis sûre ! confirma-t-elle en souriant, amusée par son incrédulité. Tu veux que je le prouve ?

Sans même lui laisser le temps de répondre quoi que ce soit, elle se pencha vers lui, ses seins doux contre sa poitrine, et l'embrassa.

———

Sans savoir comment elle avait réussi un tel exploit – certainement grâce à un miracle – Hannah était parvenue à gérer son travail tout en voyant Matthew tous les soirs de la semaine.

Ils avaient acheté leurs dîners dans des food-trucks, fait de longues promenades le long du lac, et, en rentrant, regardé tous les films avec Liam Neeson. Ils avaient également passé beaucoup de temps au lit, que ce soit chez elle ou chez lui. Elle adorait faire l'amour avec lui et ne ressentait pas la fatigue – au contraire, elle avait l'impression d'être habitée par une énergie nouvelle.

Et elle ne se souvenait pas d'avoir déjà eu autant d'orgasmes et autant de fous rires avec quelqu'un. Matthew avait autant d'humour que de compétences sexuelles, et elle ne s'était jamais sentie aussi bien qu'avec lui. Il la possédait complètement, et elle s'abandonnait avec joie.

Le mercredi, elle et Easton avaient tous deux cessé de travailler tôt pour aller retrouver Selma et Matthew sur un petit terrain de baseball, situé derrière l'une des écoles du sud d'Austin. Le frère et la sœur s'occupaient tous les deux d'une association qui s'occupait de mettre en place des activités pour les enfants abandonnés et leur famille d'accueil.

— C'est le dernier match du tournoi, lui avait expliqué Matthew.

Elle n'avait alors pas réalisé que Matthew entraînait l'une des équipes, bien que compte tenu de son goût pour le sport, elle aurait probablement dû le deviner. Elle le découvrit donc en arrivant sur place, où elle se retrouva dans les gradins avec Selma et Easton, encourageant l'équipe entraînée par Matthew.

— C'est formidable que vous vous occupiez de cette association, dit-elle à Selma.

— Oui, c'est important pour nous. Nous avons nous-mêmes été en famille d'accueil, donc..., répondit-elle en haussant les épaules. Dis donc, j'ai l'impression que mon frère et toi vous entendez très bien, non ? lui demanda-t-elle en plissant les yeux d'un air faussement inquisiteur.

— C'est vrai, répondit Hannah d'un air impassible.

Mais, finalement, elle se tourna vers Selma et décida de lui dire la vérité.

— En fait, c'est plus que bien s'entendre, lança-t-elle.

Selma soutint son regard, avec une expression qu'Hannah fut incapable de déchiffrer. Elle prit une profonde inspiration, et décida de se jeter à l'eau.

— Pour tout te dire, je suis tombée littéralement amoureuse de ton frère, annonça-t-elle d'un air solennel.

Pendant un moment, Selma se contenta de la regarder. Puis un large sourire illumina son visage.

— C'est une excellente nouvelle ! s'exclama-t-elle. Car lui est fou de toi !

CHAPITRE DOUZE

HANNAH DISSIMULA un bâillement derrière sa main, puis attrapa le pichet de Punch au Pinot.

— Tu t'ennuies avec nous ? lui demanda Megan avec un sourire.

Hannah était avec Selma, Easton, et Shelby. Tous étaient au *Fix*, attendant que l'élection de l'homme du mois commence. Megan les avait rejoints quelques instants, profitant d'une pause dans l'organisation de la soirée. Elle avait donné à Hannah un mot que Matthew lui avait fait passer depuis les coulisses et sur lequel il était écrit « *Seulement toi* ». Elle rangea soigneusement le bout de papier griffonné dans sa poche arrière, prête à la brandir dans le cas où d'autres femmes se jetteraient sur Matthew, après sa victoire.

Car il allait gagner ; elle en était certaine.

— Elle a eu une longue journée, dit Selma avec un clin d'œil. Nous avons passé l'après-midi à regarder un match de softball au soleil, et puis, surtout, madame a des nuits agitées, en ce moment. Je me trompe ? ajouta-t-elle en riant.

Megan pouffa de rire, mi-amusée, mi-embarrassée par cette révélation.

— C'est ma petite femme, ça ! dit Easton en tapotant la main de Selma. Aucun filtre !

— Je dis simplement les choses telles qu'elles sont, se justifia Selma, imperturbable.

D'ailleurs, Hannah n'essaya même pas de nier.

— Vous restez après, pour la première de *Réno Boutique* ? demanda Megan pour faire diversion.

— C'est l'émission de télé-réalité sur le concours et le bar, c'est ça ? s'enquit Selma.

Megan acquiesça.

— Brooke et Spencer ont terminé les rénovations il y a quelques semaines, leur dit-elle. Le tournage du concours est toujours en cours, mais le premier épisode est diffusé ce soir. Il y aura ensuite un épisode chaque semaine, jusqu'à la fin du concours et un peu au-delà.

— J'adorerais rester, dit Hannah. Mais nous devons retrouver mes parents après l'élection. Ils sont ici pour une soirée caritative, et ne restent pas longtemps. C'est donc le seul moment où nous pouvons les voir.

Elle ne parla pas du chèque que sa mère devait lui

remettre, mais c'était la véritable raison pour laquelle elle ne pouvait pas manquer ce dîner. Elle devait absolument avoir l'argent de son père le lendemain au plus tard.

— Dommage, déclara Megan. Au fait, comment va ton père ? demanda-t-elle à Selma.

Hannah savait qu'elle faisait référence à M. Herrington. Matthew lui avait dit qu'il avait fait une crise cardiaque lors d'un voyage.

— Il va incroyablement bien, répondit Selma. Ils sont actuellement en train de faire une croisière en Europe avec de nombreuses escales. Ils ont même prolongé leur voyage. Mais il a été consulter un spécialiste à Prague, et les résultats sont excellents !

Cela confirmait ce que Matthew lui avait dit. Hannah était ravie que leur père se porte bien, mais elle avait surtout hâte que lui et sa femme reviennent à Austin pour pouvoir enfin les rencontrer.

— C'est formidable, déclara Megan.

Elle était sur le point d'ajouter quelque chose, mais la musique démarra, et Beverly Martin, une star du cinéma indépendant, qui était chargée d'animer la soirée, monta sur scène.

— Oups ! dit Megan. Le devoir m'appelle !

— C'est plutôt cool d'assister au spectacle en compagnie de Mister Septembre, dit Hannah à Easton pour le taquiner. Je me demande qui de toi ou de Matthew aurait gagné si tu avais concouru en même temps que lui ?

— Ils auraient été ex aequo, intervint Selma, fidèle à la fois à son frère et à son petit ami.

— Tu plaisantes ! s'écria Hannah, Matthew aurait gagné haut la main !

— Fais gaffe, la prévint Easton en riant. Je vais te filer toutes les audiences au tribunal et je resterai au bureau, tranquille, pour rédiger les mémoires.

— Excuse-moi, ma langue a fourché ! rétorqua Hannah, *tu* aurais évidemment gagné haut la main. Qu'est-ce que tu veux, dit-elle en riant à l'attention de Selma. Je suis avocate... je manie le mensonge à la perfection !

Easton lui lança une chips de tortilla, mais l'élection commença, et tous se turent, les yeux rivés sur la scène.

L'un après l'autre, les candidats défilèrent sur la scène. Matthew était le cinquième, et, pour Hannah, il était l'incarnation du péché originel. D'ailleurs, elle ne semblait pas la seule à le penser – dès qu'il retira sa chemise, la jetant sur l'une des tables de femmes en face de la scène – toutes les femmes du public se mirent à hurler. Matthew sourit, amusé, mais chercha Hannah du regard et lui fit un clin d'œil lorsqu'il la trouva.

— Là, c'est sûr, c'est lui qui va gagner, dit Hannah en lui envoyant un baiser de loin.

Plus tard, alors que le candidat numéro neuf entra

sur le tapis rouge, elle tenta d'attirer l'attention d'un serveur. Mais elle se rassit immédiatement lorsqu'elle aperçut Ernest, dans l'embrasure de la porte d'entrée du bar, l'air glacial.

— Euh, je reviens tout de suite, dit-elle à ses amis.

Elle se précipita vers son beau-père, persuadée qu'il devait être outré par la foule en délire et le bruit tonitruant qui avait envahi le bar.

— Comment es-tu rentré ? lui demanda-t-elle, se souvenant qu'il y avait un videur à l'entrée du bar, et qu'il fallait avoir réservé sa place pour pouvoir entrer.

— Il faut qu'on parle, lui dit-il sèchement, sans répondre à sa question. À l'extérieur, où je pourrai parler sans endommager mes cordes vocales.

Elle le suivit, tétanisée, tout en essayant de se persuader de ne pas paniquer, qu'elle n'avait rien à craindre.

Elle ne savait pas encore qu'elle se trompait et que le pire était à venir.

— Cet homme, commença Ernest en serrant les dents, n'est pas pour toi. Passe encore qu'il n'ait aucune éducation, mais qu'il se déshabille de la sorte sur scène... Comment peux-tu tolérer cela ?

— Pas d'éducation ? s'exclama Hannah. Il s'est fait tout seul, tu te souviens ? Qu'est-ce qu'il s'est passé entre notre dîner et maintenant ?

— J'ai fait davantage de recherches sur lui, déclara

Ernest. C'est comme ça que j'ai découvert qu'il allait participer à ce concours vulgaire et ridicule...

— Vulgaire et ridicule ? répéta-t-elle, outrée. Je te signale qu'il s'agit d'un événement organisé pour une bonne cause !

— Non, Hannah. La recherche sur le cancer est une bonne cause. Sauver un bar de la faillite n'est rien d'autre qu'une excuse pour se saouler.

— Ce n'est pas vrai ! s'emporta-t-elle. Et, de toute façon, qu'est-ce que ça peut te faire ? Ce n'est pas comme s'il travaillait pour toi. Et puis il est beau ; or, pour lui, pour son activité, c'est un atout commercial !

— En revanche, le fait que tu sois avec lui n'en est pas un. Je suis désolé, Hannah, mais tu vas devoir faire preuve de plus de bon sens si tu veux que nous te donnions cet argent. Ton père aurait voulu quelque chose de mieux pour toi. Tout comme ta mère et moi, d'ailleurs.

La fureur l'envahit.

— Mon père était flic ! hurla-t-elle. Il n'a pas fait de grandes études et a consacré sa vie à aider les gens ! Qu'est-ce que tu sais de Matthew ? Je peux t'assurer que mon père l'aurait adoré.

— Sauf que ton père est mort, Hannah, lui dit-il d'une voix glaciale. Et donc ni toi ni moi ne pouvons être sûrs de ce que tu avances.

— Ernest...

— Ta mère et moi en avons discuté, l'interrompit-il. Nous ne te donnerons cet argent que lorsque tu auras trouvé un autre homme. C'est définitif.

Il tourna les talons et partit, la laissant seule, figée, sous le choc de ce qu'il venait de se passer.

Après quelques secondes, elle sortit son téléphone et composa le numéro de sa mère. Elle tomba sur le répondeur.

Bon sang !

Elle lui envoya un SMS.

Pas de réponse.

Elle attendit.

Toujours pas de réponse.

Sa mère – sa propre mère – était en train de l'ignorer. Elle n'en revenait pas !

— Hé, ça va ? lui dit Easton qui l'avait rejointe à l'extérieur. Tu as tout raté : Matthew a gagné. Il te cherche partout !

— Je vous l'avais dit, se força-t-elle à dire avec un sourire qui n'exprimait rien.

— Qu'est-ce qui ne va pas ? s'inquiéta-t-il.

— Je ne me sens pas très bien, mentit-elle. J'ai appelé mes parents pour leur dire qu'on ne pouvait pas les voir ce soir. Tu pourras prévenir Matthew que le dîner est annulé ? Et félicite-le aussi pour moi. Je vais rentrer...

Easton la regarda un instant dans les yeux, cherchant

à savoir ce qu'il se passait réellement, mais il fut incapable de lire en elle.

— Très bien, je lui dirai, acquiesça-t-il.

Hannah prit alors le chemin de son appartement.
Elle espérait pouvoir y arriver avant que les larmes ne
commencent à couler.

CHAPITRE TREIZE

MATTHEW N'EUT PAS l'occasion de se réjouir d'avoir été élu Mister Octobre ; il était trop occupé à chercher Hannah dans la foule. Mais, avec toutes les femmes qui se précipitaient autour de lui, lui demandant de faire des selfies, ou de signer une partie de leur corps, il avait beaucoup de mal à la retrouver.

Vingt minutes plus tard, il tomba sur Easton. Ou plutôt, Easton vint le trouver.

— Bienvenue au club, mon pote ! lui dit Easton, faisant rire Matthew.

— Si ça permet de garder cet endroit ouvert, ça me fait plaisir. Tu n'as pas vu Hannah, au fait ? demanda-t-il en regardant autour de lui.

— C'est ce que je suis venu vous dire, répondit Easton. Elle ne se sentait pas bien. Elle m'a demandé de te dire qu'elle rentrait chez elle.

Aussitôt, Matthew fut inquiet. Cela ne ressemblait pas à Hannah. Le fait qu'elle ne soit pas restée pour le féliciter voulait forcément dire qu'elle devait se sentir particulièrement mal.

— Elle est allée aux urgences ? s'enquit-il.

— Non, elle est simplement rentrée chez elle, répondit Easton.

— Ok, merci. Je vais aller la voir, déclara-t-il en donnant une tape amicale sur l'épaule d'Easton avant de prendre congé de lui.

Il se fraya ensuite un chemin jusqu'à la sortie du bar. Il fit de son mieux pour sourire et ne pas paraître impoli, mais il n'avait qu'une envie : sortir le plus vite possible et aller retrouver Hannah.

Au bout de cinq minutes, il fut enfin dehors. Il prit aussitôt à gauche, en direction de l'appartement, puis se souvint d'un bar qui faisait de la soupe au poulet à emporter ; il pensa que cela serait idéal pour Hannah, si elle ne se sentait pas très bien. Il fit alors demi-tour et tomba nez à nez avec Ernest Pierpont.

— Ernest ! Excusez-moi ! Je ne vous avais pas vu ! lui dit-il avec un sourire pressé.

— J'imagine, lui répondit Ernest en lui tendant la main d'un air grave.

Matthew comprit alors qu'il ne s'agissait pas d'une poignée de main pour le féliciter, mais pour lui dire adieu.

là-bas aussi rapidement, ajouta-t-elle en regardant sa montre.

— J'étais motivé, dit-il avec un sourire tendre. Je voulais te voir.

Elle fronça les sourcils, sentant que quelque chose n'allait pas. Mais peut-être était-ce elle qui projetait sur lui ses sentiments négatifs ; ce n'était clairement pas l'un de ses meilleurs jours.

Matthew posa la main sur son front pour prendre sa température. La simple sensation de sa peau contre la sienne la fit se sentir mieux, comme si, dès lors qu'il était près d'elle, plus rien n'avait d'importance, pas même Ernest et cet argent qu'il refusait de lui donner.

— Tu ne sembles pas avoir de fièvre, lui dit-il.

— C'est surtout mon estomac, rétorqua-t-elle.

Ce n'était qu'un demi-mensonge, car elle avait dans le ventre une boule d'angoisse qui l'oppressait depuis qu'Ernest lui avait parlé. Elle se détourna, surtout pour qu'il ne voie pas la vérité sur son visage, et le guida dans le salon. La bouteille de vin à moitié vide était sur la table basse ; elle espéra qu'il ne la remarquerait pas.

— Je ne suis pas sûr que le vin soit le meilleur remède contre les maux d'estomac, dit-il avec ironie. Hannah... Que se passe-t-il ?

Elle soupira, puis s'assit sur le canapé.

— C'est juste que... J'ai réfléchi.

Elle s'interrompit, le regard vide.

— Je t'écoute, l'encouragea Matthew en s'asseyant en face d'elle, sur la table basse.

— Eh bien... j'ai décidé de ne pas m'associer avec Easton. Je suis sûre qu'il trouvera quelqu'un d'autre.

Elle chercha sur le visage de Matthew une réaction, mais il la regarda d'un air impassible, penchant la tête comme s'il attendait la suite.

Mais elle était résolue à ne pas lui dire.

De toute façon, ce n'était pas si grave. Certes, elle ne pouvait pas compter sur l'argent de son père, mais elle pouvait trouver un autre travail et mettre de côté. Le plus important pour elle, désormais, était que Matthew reste dans sa vie. Mais, pour cela, elle ne devait pas lui dire que ses parents avaient finalement décidé de ne pas lui donner l'argent, et encore moins que c'était à cause de lui.

— Pourquoi ? demanda-t-il simplement.

Elle le regarda dans les yeux, réfléchissant à une réponse plausible.

— J'ai repensé à ta décision de ne pas créer de franchise, commença-t-elle. Et je me suis dit que tes arguments étaient également vrais pour moi. Si j'avais été plus jeune, je me serais lancée dans cette aventure. Mais j'ai plus de trente ans – je dois penser à fonder une famille. Tu comprends ?

— Chérie, je te comprends complètement, dit-il en

prenant ses mains. Mais je sais aussi que tu es en train de me raconter n'importe quoi...

Elle tenta de dégager ses mains, mais il les serra plus fort.

— C'est très gentil de ta part de vouloir me protéger, dit-il. Mais il est hors de question que tu passes à côté de ta carrière à cause de moi. Pourquoi ne demanderais-tu pas à Brent de jouer ton fiancé ? Il a une bonne situation ; peut-être que tes parents le trouveraient plus à la hauteur que moi ?

— Il t'a parlé..., constata-t-elle, dépitée.

— J'ai réussi à ne pas lui casser la gueule. On peut dire que c'est un exploit ! plaisanta-t-il pour tenter de l'apaiser.

— Matthew...

— Chut ! l'interrompit-il en se relevant. Tu dois absolument reprendre ce cabinet avec Easton. Je t'ai regardée. Je t'ai écoutée. Je vois combien tu aimes ton travail. Tu mérites cette vie. Et puis, je pense qu'Ernest a raison, ajouta-t-il. Tu mérites mieux que moi.

Sans lui laisser le temps de répliquer, il se dirigea droit vers la porte d'entrée de son appartement.

— Matthew ! s'exclama-t-elle en le suivant et en se mettant devant sa porte pour l'empêcher de l'ouvrir. Tu ne peux pas faire comme mon beau-père et décider pour moi ! hurla-t-elle, libérant toute la pression qu'elle avait gardée en elle. Tu ne peux pas simplement décider que tu n'es pas assez bien pour moi.

— C'est pour ton bien, lui dit-il doucement, résigné.

Il ouvrit la porte, la forçant à se pousser.

— Je suis vraiment désolé, ajouta-t-il avant de franchir le seuil.

Ses mots glacés et durs lui déchirèrent les entrailles.

— Va te faire foutre, Matthew ! s'exclama-t-elle, son cri se transformant en sanglots. Va te faire foutre, murmura-t-elle à nouveau.

Puis elle fit la seule chose qui pouvait la soulager : elle claqua la porte, faisant disparaître le visage angoissé et rempli de douleur de Matthew.

CHAPITRE QUATORZE

HANNAH RESTA ÉVEILLÉE TOUTE la nuit mais ne trouva pas de solution. Comment pouvait-elle convaincre un homme de l'aimer ? De rester avec elle ? De la soutenir ?

Elle n'avait pas de réponse à cela. Il n'y avait rien qu'elle puisse faire pour que Matthew revienne vers elle.

En revanche, elle pouvait faire quelque chose pour l'argent.

Il n'était que cinq heures du matin, mais elle prit sa douche, enfila un jean et un vieux tee-shirt, glissa ses pieds dans ses sandales Birkenstock, puis prit la direction du bureau. C'était jeudi, et les quelques personnes déjà dans la rue étaient pour la plupart tirées à quatre épingles, prêtes à aller travailler. Peu importait. Pour Hannah, c'était la fin de la semaine, pour ne pas dire la fin de sa carrière.

Il ne lui fallut qu'environ cinq minutes pour atteindre l'angle de la Sixième rue et de Congress Avenue, et il n'était que six heures dix lorsqu'elle arriva au bureau. Sans surprise, Easton était déjà là.

— Hé ! appela-t-il depuis son bureau en entendant la porte s'ouvrir. C'est toi, Hannah ?

— Qui d'autre ? répondit-elle.

Ils avaient embauché une réceptionniste et une assistante juridique, mais elles ne commençaient qu'à neuf heures.

— Je suis content que tu sois là. Je voulais te parler de la réunion de vendredi avec le commissaire aux comptes. Je pense que j'ai trouvé un argument valable pour...

— Il faut qu'on parle, l'interrompit-elle en apparaissant dans son bureau.

Il leva les yeux vers elle et eut du mal à la reconnaître.

— Euh... Si tu es toujours malade, tu devrais peut-être rester chez toi, non ?

— Je ne suis pas malade, répondit-elle, en s'asseyant dans l'une des deux chaises en face de son bureau. Il faut que tu trouves un autre associé, lança-t-elle. Je... Je dois me retirer du projet.

Easton ne répondit rien, mettant simplement ses mains derrière sa tête, penché en arrière sur sa chaise. Il attendait qu'elle lui explique la raison de ce volte-face.

— Ernest m'a dit hier soir qu'ils ne me donneraient

pas l'argent. Apparemment, les hommes qui sont sur les calendriers ne sont pas assez bien pour moi. Quel connard ! siffla-t-elle.

— L'argent n'est pas un problème, Hannah, soupira Easton. Je sais que tu n'es pas à l'aise avec le fait de m'emprunter de l'argent, mais je t'assure que ce n'est pas un problème. Nous pouvons aussi le prendre sur le chiffre d'affaires de l'entreprise et tu feras un remboursement chaque mois. Ou nous pouvons t'obtenir un prêt bancaire... Il y a des solutions. Et puis, très franchement, je serais heureux de poursuivre Ernest et ta mère pour toi !

— Nous en avons déjà parlé, Easton. Je ne suis à l'aise avec aucune de ces solutions. Si j'emprunte à l'entreprise, cela signifie que tu assumes seul tous les risques. Quant aux banques, nous savons tous les deux qu'aucune ne voudra me prêter. Et le bénéficiaire de l'assurance-vie était ma mère. Je ne gagnerais jamais si je leur intentais un procès.

— Peut-être pas, mais si la presse venait à être au courant de cette histoire – celle d'une petite fille privée de l'argent que son père policier, mort en héros, voulait qu'elle ait – cela pourrait jouer en ta faveur. Compte tenu de la position et de l'influence d'Ernest, je suis persuadé que tu n'aurais même pas besoin d'aller jusqu'au procès ; il serait prêt à négocier tout de suite.

— Non, je t'assure, insista-t-elle, la simple idée de

poursuivre sa famille lui étant insupportable. C'est très gentil de faire tout cela pour moi, mais il te faut un associé qui soit solvable.

— Non, j'ai besoin d'un associé que je respecte et en qui j'ai confiance.

— Et moi j'ai besoin de Matthew, rétorqua-t-elle. J'adorerais travailler ici avec toi, vraiment. Mais c'est beaucoup de travail et je ne suis pas sûre de le pouvoir sans Matthew à mes côtés.

C'était la première fois qu'elle exprimait aussi clairement le fond de sa pensée. C'était, en effet, réellement cela le problème. Elle comprenait désormais la vision des choses de Matthew, sa volonté de ne pas se noyer dans le travail pour avoir le temps de fonder une famille. Elle respectait cela. De son côté, elle avait envie de construire sa carrière car, comme il le lui avait dit, elle aimait profondément son travail. Mais elle savait que pour cela, elle devait avoir Matthew avec elle. L'un et l'autre se soutiendraient et se compléteraient. Ils pourraient alors devenir parents, ce qui donnerait un sens à sa vie, et une raison de travailler dur.

Elle ne dit rien de tout cela à voix haute, mais de la façon dont Easton la regardait, elle comprit qu'il savait ce à quoi elle était en train de penser.

— Je ne veux pas ça sans lui, dit-elle, juste pour s'assurer qu'il avait bien compris.

— Hannah... Tu sais que je t'aime beaucoup. Mais permets-moi de te dire que parfois, tu es vraiment idiote !

— Pardon ?

— Tu veux ce travail. Et tu veux aussi Matthew. Mais tu fais n'importe quoi pour l'un ou pour l'autre.

— Je... quoi ?

— Prends ce que tu veux, Hannah ! Tu veux faire partie de ce cabinet ? Alors, fais-le !

— Comment ?

— Je te l'ai déjà dit. L'argent est sur la table, il te suffit de le prendre. Tu me rembourseras tous les mois. Ou il te suffit de trouver un gros client – tes honoraires suffiront à rembourser ! Et puis va à Dallas et dis franchement à ta mère ce que tu penses. Menace-la de lui faire un procès. Agis, merde ! Fais enfin quelque chose pour obtenir ce que tu veux ! Tu es en train de te chercher des excuses, là...

— C'est parce que...

— *Pas* parce que m'emprunter de l'argent te met mal à l'aise, l'interrompit-il. Tu sais autant que moi que l'argent n'est pas un problème pour moi. C'est parce que, comme tu viens de le dire, tu ne veux pas le faire sans lui. Ce que je peux tout à fait comprendre – jamais je ne ferais tout ça sans Selma.

— Alors...

— Heureusement, tu es très douée pour te disputer,

la coupa-t-il à nouveau. C'est d'ailleurs pour ça que je veux absolument que tu sois mon associée !

— Je suis douée, dit-elle. Mais c'est justement ça le problème. Matthew pense qu'il n'est pas assez bien pour moi. Il pense que je suis une grande intellectuelle et que lui est un rat d'égouts à côté de moi. C'est ridicule, mais c'est dans sa tête.

— Alors, convaincs-le du contraire !

— Et si je n'y arrive pas ?

— Dans ce cas, tu n'aurais plus aucune option. Donc je te conseille d'y arriver.

CHAPITRE QUINZE

IL ÉTAIT une heure du matin lorsque Hannah se fut enfin décidée, mais elle s'en fichait. Elle était devant chez Matthew, donnant de grands coups dans la porte, et appuyant longuement sur la sonnette, pour être certaine de le réveiller.

Finalement, une lumière s'alluma, et elle fit un pas en arrière, attendant que la porte s'ouvre. Dès qu'il ouvrit, elle se précipita à l'intérieur et commença aussitôt à lui dire ce qu'elle avait sur le cœur.

— C'était juste un jeu pour toi ? Le temps que nous avons passé ensemble ? Tout ce que nous nous sommes dit ? Tout ce que nous avons fait ?

— Salut, Hannah, dit-il, endormi. Qu'est-ce qu'il se passe ?

— Tu m'as très bien entendue ! insista-t-elle en le

poussant avec ses mains sur sa poitrine. Réveille-toi et dis-moi ! Est-ce que ce n'était qu'un jeu, pour toi ?

Il passa ses mains sur son visage, puis la regarda avec une telle conviction qu'elle fit un pas en arrière.

— Absolument pas.

— Alors c'était quoi ?

— Un leurre, répondit-il. Nous nous sommes tous les deux leurrer.

Il soupira, puis passa ses mains dans ses cheveux avant de s'effondrer sur le canapé et de lui faire signe de le rejoindre. Elle resta debout.

— Tu te fais des illusions si tu crois encore que toi et moi pouvons être ensemble. C'est ton beau-père qui a raison. Tu es champagne et caviar, moi, je suis bière et barbecue.

— J'adore la bière et le barbecue ! s'exclama-t-elle.

Elle aurait aimé pouvoir entrer dans sa tête et le lui faire comprendre.

— Tout le monde aime la bière et le barbecue, mais, pour certaines personnes, ce n'est que de temps en temps, pas tous les jours...

Il la regarda droit dans les yeux quelques secondes.

— Tu as une belle vie, Hannah, reprit-il. Tu vas faire de grandes choses. Des choses importantes.

— Bon sang, Matthew ! Tu es l'homme le plus buté que je connaisse. Tu ne vois pas ? Tu ne vois pas que je vais faire ces choses, mais que je ne peux les faire que si tu es là, avec moi, pour me tenir la main ? Tu es la seule personne qui me fait du bien. La seule qui m'aide à voir clair – à être qui je suis vraiment. Je ne t'ai pas cherché, mais je t'ai trouvé. Et maintenant, j'ai besoin de toi.

— Ce n'est pas vrai, lui dit-il en se levant et en l'attirant à lui.

Il l'embrassa avec une telle passion qu'elle fut certaine que lorsqu'ils se sépareraient, il lui dirait que c'était une blague, et qu'évidemment il resterait avec elle toute sa vie.

Mais, lorsqu'il recula, il avait un regard dépité.

— Il vaut mieux que tu partes, lui dit-il simplement.

Elle repensa alors à ce que lui avait dit Easton, au fait qu'elle n'avait pas d'autre choix que de réussir à le convaincre. Mais que pouvait-elle lui dire de plus ?

Elle le regarda droit dans les yeux, puis, sans un mot, se dirigea vers la porte. La main sur la poignée, elle se tourna vers lui.

— Réfléchis, d'accord ? Ne gâche pas tout ce que nous avons vécu et ce que nous pourrions vivre. C'était magnifique. En tout cas pour moi, mais, honnêtement, il m'a semblé que pour toi aussi ça l'était…

———

Il m'a semblé que pour toi aussi ça l'était.

Ces mots tournaient en boucle dans sa tête, en même temps que ceux d'Ernest Pierpont qui lui disait qu'il ne valait rien.

Il aurait aimé écouter Hannah. Bien sûr qu'il voulait être avec elle. Mais il ne voulait pas être une entrave à sa vie ou à ses ambitions. S'il devait être avec elle, il voulait être un atout, un partenaire, son égal. Certainement pas un fardeau.

Pourtant, elle avait raison. Pour lui aussi, tout ce qu'ils avaient vécu avait été magnifique...

D'un seul coup, il s'élança vers elle, referma la porte qu'elle venait d'ouvrir, et l'attira contre lui. Il aurait aimé lui parler, lui dire de rester, mais il ne put s'empêcher de l'embrasser.

Hannah se serra contre lui, comme si elle l'embrassait pour la première fois. Enfin, Matthew avait compris. Enfin, ils allaient pouvoir être ensemble.

— Hannah, murmura-t-il lorsqu'il se détacha d'elle.

— Je te préviens : ne me redis pas que tu n'es pas assez bien pour moi ! Tu es l'homme le plus incroyable que je connaisse. Je ne peux pas imaginer un autre père que toi pour mes enfants. Et il est hors de question que je fonde un cabinet d'avocats sans aucune raison. Or, c'est toi ma raison, lui dit-elle doucement en prenant son visage dans ses mains. C'est l'avenir que nous pouvons avoir ensemble. Je ne veux pas t'effrayer, mais je suis tombée littéralement amoureuse de toi. Si tu ne ressens pas la même chose, dis-le-moi maintenant, et je partirai. Mais si tu ressens la même chose...

Elle s'interrompit, le voyant sourire.

— Quoi ? lui demanda-t-elle, souriant à son tour.

Matthew était en train d'imaginer leur avenir. Lui, développant ses salles de sport. Un garçon qui ferait du football. Une fille qui ferait de la plongée. Tous les dimanches, Hannah et lui iraient les applaudir dans les gradins – Hannah probablement avec ses dossiers et ses lunettes vissées sur le nez...

— Promets-moi juste une chose, lui dit-il.

— Oui, laquelle ?

— De ne pas prendre tes dossiers lorsque nous irons encourager nos enfants, le dimanche.

Elle le regarda comme s'il était devenu fou, puis elle éclata de rire.

— Je te le promets ! Mais dans ce cas, promets-moi de ne jamais me demander de courir un marathon avec toi !

— Marché conclu !

Pourtant, à cet instant, l'un et l'autre étaient si heureux, si chargés d'adrénaline, qu'ils auraient probablement pu courir deux marathons.

— Embrasse-moi, l'implora-t-elle.

— J'ai une meilleure idée, dit-il en retirant sa chemise et en la jetant par terre. Déshabille-toi.

— Ah bon ? Et je peux savoir pourquoi ? demanda-t-elle avec un sourire espiègle.

— Parce qu'on est tous égaux devant la nudité, dit-il d'un ton neutre. Mais surtout, parce que je veux te montrer à quel point je t'aime.

— Alors d'accord, murmura-t-elle en retirant son tee-shirt et en se blottissant contre lui.

————

La serrant contre lui, après avoir fait l'amour, il se demandait comment il pouvait avoir autant de chance. Malgré tout, il s'en voulait d'être la cause de sa défaite à elle. À cause de lui, elle n'allait pas avoir l'argent de son père.

— Tu vas laisser tomber, pour l'argent ? lui demanda-t-il en lui caressant l'épaule.

— Pendant un petit moment, répondit-elle. Mais je reviendrai à la charge dans quelques mois. Et s'ils refusent encore une fois... eh bien, Easton a une idée qui, j'en suis sûre, fonctionnera. Et quand je – *nous* – aurons cet argent, nous pourrons le mettre de côté pour nos enfants, ajouta-t-elle, ressentant un frisson de plaisir en prononçant ces mots. J'espère quand même que ma mère changera d'avis avant que je dise à Easton d'agir... Mais pour le moment, tout ça n'a pas d'importance, reprit-elle d'un ton plus enjoué en relevant la tête pour le regarder. Je t'ai, toi, et c'est tout ce qui compte !

Il la serra fort contre lui, ayant encore du mal à croire que tout cela était réel. Rien ne lui avait jamais semblé si parfait.

— C'est pareil pour moi, répondit-il tendrement.

BEVERLY MARTIN REPOUSSA une mèche de cheveux qui tombait sur son front tandis qu'elle se penchait sur l'épaule de Griffin afin de regarder avec lui l'écran de l'ordinateur.

— Je ne pense pas qu'Angélique se disputerait avec Hammond tout de suite, dit-elle en se penchant plus près de lui pour toucher l'écran.

Son sweat à capuche sentait bon la lessive, et elle inspira profondément pour s'enivrer de son parfum. Bien qu'ils travaillent ensemble depuis plusieurs mois, révisant le scénario de Griffin qui devait bientôt entrer en production, il ne quittait jamais son pull lorsqu'il était avec elle.

— Tu as peut-être raison, concéda-t-il. Elle ne dévoilerait pas ses cartes si vite...

— Exactement, répondit Beverly, retirant sa main de l'écran et la posant sur son épaule.

Elle sentit, à travers son pull et son tee-shirt, les cicatrices qui striaient sa peau, et ses muscles épais se contracter.

— Beverly…

— Je pense qu'il faut retirer cette ligne, ajouta-t-elle, feignant de ne pas avoir entendu.

— Beverly, arrête…

— Arrêter quoi ?

Pendant un moment, il resta silencieux.

— Tu sais très bien…

Elle finit par retirer sa main, à regret. Elle était dépitée. Cela faisait maintenant trop longtemps qu'elle ne pouvait pas être dans la même pièce que lui sans être intensément attirée par lui – peut-être encore plus parce qu'il la repoussait.

Décidée à mettre un terme à cette situation, elle contourna sa chaise, puis s'appuya contre le bureau, face à lui. De si près, elle voyait parfaitement les énormes cicatrices qui marquaient le côté droit de son visage. De tout son corps, même, certainement – mais elle n'avait jamais eu l'occasion de le vérifier.

— Beverly, grogna-t-il en baissant le visage pour essayer de le cacher.

— Non Griff. Ça suffit ! protesta-t-elle. C'est quoi ton problème, exactement ?

— Mon problème ? s'emporta-t-il en relevant la tête, la voix emplie de colère et d'amertume. Mais ouvre les yeux, bordel !

— Ça fait des mois que j'ai les yeux ouverts, rétorqua-t-elle. Je ne vois rien.

— Je t'en prie, ricana-t-il. Épargne-moi ta condescendance !

— Tu es un idiot. J'espère que tu le sais au moins ?

— Bon, ça suffit, dit-il sèchement en faisant rouler sa chaise en arrière. Nous avons suffisamment travaillé pour aujourd'hui !

Elle attrapa son bras et le tira vers elle.

— Non ! s'exclama-t-elle en refermant sa main sur la sienne, sentant sa peau rugueuse et abîmée.

Pendant un moment, ils se fixèrent du regard, puis il détourna les yeux.

Beverly inspira profondément pour se donner du courage, puis, doucement, elle retira la capuche de sa tête

— Ne fais pas ça, murmura-t-il, la gorge nouée.

— Alors, arrête-moi, dit-elle en posant sa paume sur sa joue cicatrisée.

Elle rencontra à nouveau ses yeux. Son cœur battait la chamade. Elle s'était attendue à ce qu'il l'empêche d'aller plus loin, mais, contre toute attente, il n'en fit rien. Il resta immobile et elle continua de faire ce qu'elle avait eu envie de faire depuis si longtemps.

Lentement, elle se pencha en avant et posa sa bouche sur la sienne.

———

Envie d'en découvrir plus ? Voici un extrait du prochain tome de la série *L'Homme du mois*...

ÉTAT D'ESPRIT
Mister Novembre

Et aussi...

Charismatiques. Dangereux. Terriblement Sexy.
Découvrez les hommes de Stark Sécurité.
En mille éclats
En mémoire de nous
En demi-teinte

———

Bulletins d'information de JK
Abonnez-vous à la newsletter de l'édition française de JK pour des informations sur les sorties en français, les apparitions en France, et plus encore. Cliquez ici pour vous abonner afin de ne rien manquer! (Veuillez noter: la

newsletter sera rédigée à l'aide de Google Translate (tout comme cette note), mais tous les livres sont traduits et relus par des professionnels!)
Newsletter en français

Et si vous souhaitez recevoir toutes les actualités en anglais, vous pouvez vous abonner à la newsletter de JK en anglais ici:

Newsletter en anglais

Envie d'en découvrir plus ? Voici un extrait du prochain tome de la série *L'Homme du mois*...

État d'esprit
Mister Novembre

Chapitre premier

— Vous pouvez répéter ?

Griffin Draper n'était pas certain de bien avoir entendu ce que venait de lui dire Matthew Holt, le producteur qu'il avait démarché pour son film.

Venait-il réellement de lui dire qu'il lui achetait son scénario ? L'histoire qu'il avait mis tant de mois à écrire allait-elle enfin être portée à l'écran ?

Abasourdi, Griff se laissa tomber sur le canapé en

cuir de la salle de conférence de *Bender, Twain &* *McGuire*, où une réunion avait été organisée entre lui, Beverly Martin, Evie Morrison, et Holt.

Beverly, son actrice principale à la beauté hypnotique, s'installa à côté de lui, ses jambes touchant presque les siennes. Il se força à ne pas s'éloigner d'elle, se convainquant que la sensation étrange qu'il ressentait dans son ventre était due à la nouvelle que Holt venait de lui annoncer, et non à sa proximité avec elle. Bien sûr, il était attiré par elle – quel homme ne l'était pas ? – mais, comme il n'y avait rien entre eux et qu'il n'y aurait jamais rien, pourquoi se sentait-il nerveux ?

Petit à petit, ils avaient fini par devenir amis. Il sentait que Beverly essayait d'aller plus loin, mais, bien qu'il ait été attiré par elle dès le premier instant où il la vit, lorsqu'elle s'était assise à côté de lui, au *Fix*, il y avait environ cinq mois, il gardait ses distances. Il savait qu'il ne pourrait jamais être avec elle. Jamais.

C'était l'histoire de sa vie...

Au moins, le drame qu'il avait vécu lui avait inspiré un excellent scénario. Et cette pensée le ramena dans le présent et à Matthew – le célèbre producteur hollywoodien réputé pour son sérieux et sa franchise – qui se tenait maintenant face à lui, et le regardait avec un large sourire.

— Vous êtes déjà en train d'imaginer le soir de la

première sur le tapis rouge ? lui dit-il en riant pour le tirer de sa rêverie.

— Vous devez me trouver ridicule ! rétorqua Griff, gêné. Mais, sérieusement. J'ai besoin que vous me répétiez ce que vous m'avez dit...

À côté de lui, Beverly croisa ses jambes, mais resta silencieuse.

— Vous m'avez parfaitement entendu, cow-boy ! lui dit Matthew, avec la même expression joyeuse. Votre scénario est excellent ! Les studios Apex sont déjà réservés. Si tout se passe comme prévu, le tournage débutera à Vancouver au printemps. Et *Justice cachée* devrait sortir en salle l'été de l'année prochaine.

— Je ne peux pas...

Griff s'interrompit, incapable de terminer sa phrase. Il n'arrivait même plus à parler.

— Félicitations, Griff ! lui dit Evie Morrison, son avocate, avec une joie non dissimulée.

Elle n'avait pas dit grand-chose, même si la réunion avait été organisée dans les bureaux d'Austin du cabinet d'avocats basé à Los Angeles pour lequel elle travaillait.

— Je rentre à Los Angeles demain, et je réviserai le contrat avec Van dès mon arrivée, ajouta-t-elle, faisant référence au manager de Griff. Nous y sommes, enfin !

À côté de lui, Beverly affichait son sourire solaire et doux qui était désormais célèbre dans toute l'Amérique.

— Félicitations, Griff, lui dit-elle à son tour. Non pas

que je sois surprise ; j'ai toujours su que ton scénario était formidable !

Originaire d'Austin, où elle vivait toujours lorsque son travail ne l'obligeait pas à voyager, Beverly Martin avait récemment joué dans un drame décalé du cinéma indépendant, qui avait connu un grand succès auprès du public. *Suburban Love Song* avait remporté toutes sortes de récompenses, et Beverly s'était retrouvée, du jour au lendemain, sous le feu des projecteurs.

D'après ce que Griffin avait vu d'elle, elle méritait les éloges que les journaux spécialisés faisaient d'elle. Sérieuse et judicieuse dans ses choix, Beverly n'avait tourné que dans un seul film au cours de l'année dernière — un thriller intelligent et rythmé qui devait sortir dans environ une semaine. Avant d'accepter le rôle, elle avait demandé à Griffin de lire le scénario, et c'était lui qui l'avait encouragée à accepter.

— Qui sera le réalisateur ? demanda-t-elle à Holt.

— Christopher Deaver. Il m'a presque supplié !

— Vraiment ? s'étonna Griffin. C'est lui qui a réalisé *Crypto*, qui doit sortir la semaine prochaine, non ? demanda-t-il à Beverly, qui le regardait avec un sourire immense.

— C'est ça ! confirma-t-elle.

Elle avait l'air très heureuse de cette nouvelle et Griff ne peut s'empêcher de ressentir une pointe de jalousie. Il n'avait jamais rencontré Deaver et il l'imaginait déjà mille fois plus beau que lui – en tout cas, sans cicatrices.

— C'est une très bonne nouvelle ! s'enthousiasma-t-elle. Il a un véritable talent pour le rythme et le suspense. Nous ne pouvions pas rêver d'un meilleur réalisateur pour un projet comme celui-ci, dit-elle en prenant la main droite de Griff dans la sienne, avec désinvolture.

Griff lutta contre l'envie de retirer sa main, mais il se souvint qu'elle ne pouvait pas sentir ses cicatrices. Comme d'habitude, il portait son large sweat à capuche trop grand pour lui, dont les manches lui recouvraient les mains. Il était impossible que Beverly se rende compte que son petit doigt était tout tordu et ne ressemblait plus à grand-chose…

Pourtant, il changea de position et en profita pour retirer sa main, faisant mine de s'étirer dans ce qu'il espérait être un geste nonchalant. Mais, aussitôt, Beverly posa sa main sur ses genoux. Il tourna légèrement la tête vers elle, mais elle continuait de faire comme si de rien n'était – décidément, elle était une excellente actrice !

En réalité, Griff mourait d'envie de lui tenir la main, de partager avec elle ce qui était un moment incroyable – *leur* moment. Car, il le savait, rien de tout cela n'aurait pu avoir lieu si elle n'avait pas accepté de jouer le rôle principal. Beverly était *bankable*, comme on disait dans le milieu, et son nom était pour beaucoup dans la décision du producteur.

Mais, depuis son accident, Griff évitait tout contact physique. Il ne serrait jamais la main, ni ne prenait les autres dans ses bras. Sa seule obsession était de cacher son visage et les parties de son corps sur lesquelles il y avait des cicatrices.

Il ne faisait une exception que pour Kelsey. Ce n'était pas parce qu'elle était sa sœur, mais parce qu'elle portait à peu près les mêmes cicatrices que lui – sauf que les siennes ne se voyaient pas à l'œil nu. C'était elle qui avait été chargée de le garder, le soir de l'accident, mais elle était sortie, lui faisant promettre d'être sage et de ne rien dire à leurs parents. Il faut dire qu'il avait alors presque treize ans, et était donc assez grand pour rester seul à la maison. Mais il était aussi assez stupide pour croire qu'il savait tout. Dès que sa sœur fut partie, il avait voulu faire griller de la guimauve sur le barbecue pour se préparer un s'more. Aujourd'hui, il ne pouvait plus regarder ces biscuits-sandwichs sans avoir envie de vomir.

La dernière chose dont il se souvenait était qu'il avait utilisé de l'essence, qu'il avait trouvée dans le garage, car il n'était pas arrivé à allumer le barbecue.

Il s'était ensuite réveillé dans un hôpital, quelques jours plus tard, et on lui avait annoncé que tout son côté droit était brûlé au quatrième degré. La douleur était si vive qu'aucun traitement n'avait réussi à l'apaiser.

C'était sa faute. *Uniquement* sa faute. Mais Kelsey

s'était sentie coupable, et elle portait en elle des cicatrices aussi douloureuses que les siennes.

— Je savais que tu serais contente que ce soit Deaver, déclara Holt à l'attention de Beverly. Je dois te dire qu'il a été très heureux d'apprendre que tu avais le rôle principal. C'est toujours le cas, n'est-ce pas ? lui demanda-t-il, les sourcils froncés.

— Évidemment ! s'exclama-t-elle. Tu me connais ! J'ai pris le bras de Griff et lui ai pratiquement tordu pour qu'il me donne le rôle d'Angélique, plaisanta-t-elle.

— Tu n'avais pas besoin de me tordre le bras, intervint Griff, se souvenant avec amusement de leur première rencontre.

— Qu'est-il arrivé ? demanda Evie.

— Disons que je me suis ridiculisée, comme d'habitude, répondit Beverly. C'était il y a quelques mois, au printemps. Mon agent m'a appelée pour me parler de ce scénario incroyable qu'elle n'était pas censée avoir, mais qu'elle avait réussi à se procurer. Désolée pour ça, d'ailleurs, dit-elle en aparté à Griff.

— Aucun problème, répondit-il. Tu connais Evelyn Dodge, l'amie de Van ? demanda-t-il à Evie, qui acquiesça. Eh bien, Evelyn est l'agent de Beverly…

— Van était tellement enthousiasmé par le scénario, continua Beverly, qu'il l'a donné à Evelyn, sans demander l'autorisation à Griffin.

— Evelyn a aimé, elle aussi, poursuivit Griffin, et elle

a pensé que Beverly serait parfaite pour le rôle d'Angélique. Elle lui a alors fait passer le scénario. Heureusement qu'elle ne m'en avait pas parlé avant, car j'aurais complètement paniqué et lui aurais dit de ne pas le faire tant que le scénario n'était pas parfait...

— Mais il était déjà parfait ! lui dit Beverly en lui donnant une petite tape amicale sur la jambe. J'ai immédiatement adoré ! Figurez-vous que, quand Evelyn me l'a donné, j'ai décidé d'y jeter un coup d'œil en remontant dans ma voiture, comme ça, pour voir... J'ai tellement accroché que je l'ai lu d'une traite, devant chez Evelyn. Dès que je l'ai refermé, je n'ai eu qu'à descendre de ma voiture pour aller sonner chez Evelyn. Quand elle m'a ouvert, j'étais hystérique ! Et je lui ai dit que j'étais prête à tout pour obtenir le rôle.

— Elle savait que tu avais lu le scénario devant chez elle ? demanda Evie en riant.

— Absolument pas. Elle m'avait prise à part lors d'un petit cocktail qu'elle organisait. Au moment où je suis retournée à sa porte, tout le monde était parti et elle était déjà en train de dormir. Je l'ai réveillée et elle m'a reçue en pyjama. Elle m'a fait un thé, et c'est là que nous avons monté ce stratagème...

— Un stratagème ? s'étonna Griffin.

— Tu sais que je voulais à tout prix te rencontrer, lui expliqua Beverly. J'avais prévu de rester tout l'été à Los

Angeles, mais je suis revenue à Austin parce qu'on m'a dit que tu étais souvent dans ce bar, le *Fix*.

— Mais pourquoi tu voulais rester à Los Angeles ? lui demanda Griffin.

— Oh, comme ça, sans raison particulière, minimisa-t-elle. Enfin si, une amie partait tourner à Londres et m'avait proposé de me prêter sa maison. Et puis Chris m'avait dit qu'il m'apprendrait à naviguer. Mais, après avoir lu ton scénario, j'ai tout de suite eu envie de rentrer !

— Chris..., répéta Griffin. Tu veux dire Deaver, le réalisateur ?

— Oui, c'est ça, acquiesça-t-elle. Nous sommes devenus assez proches pendant le tournage. Comme je te l'ai dit, c'est un mec génial, je suis sûre que tu vas beaucoup l'aimer.

Griffin chassa son sentiment de jalousie et prit une profonde inspiration.

— Donc, si je comprends bien, au lieu de rester à Los Angeles avec lui, tu es revenue à Austin pour moi ? demanda-t-il, regrettant aussitôt d'avoir ainsi laissé transparaître la satisfaction que cela lui procurait.

Heureusement, Beverly ne sembla pas relever. Seul Holt le regarda avec un air amusé.

— Exactement ! confirma-t-elle avec enthousiasme, avant de s'adresser à nouveau à Evie. Il s'avère que le studio qui a produit *Suburban Love Story* produit également la web-série de Griff. Et il est basé à Austin...

Cela faisait environ deux ans que Griffin s'était installé à Austin, en partie pour s'éloigner de la frénésie de Los Angeles, mais également pour quitter ce monde d'apparences. Il s'était fait un nom en tant que doubleur, mais cela ne lui épargnait pas les réunions et les apparitions publiques ; c'était cela Los Angeles : il fallait être vu. Or, s'il adorait son travail, il avait décidé de s'en éloigner et de s'enfermer pour écrire sa propre série et enregistrer lui-même les épisodes. Lorsqu'une société de production d'Austin lui avait proposé de le produire, il avait saisi l'occasion de s'installer dans cette petite ville du Texas, plus calme et authentique.

Il avait bien fait. Sa web-série connaissait un énorme succès. Jamais il n'avait pensé qu'une série diffusée sur Internet aurait pu lui rapporter autant d'argent... Et puis, cela lui avait permis de découvrir qu'il adorait le travail d'écriture, et c'est à ce moment-là qu'il avait commencé à se concentrer sur *Justice cachée*, un scénario qu'il avait presque entièrement imaginé au *Fix*, où il aimait aller travailler.

— Je me suis souvent demandé comment tu avais fait pour me trouver au *Fix*, dit-il à Beverly.

— Je l'ai traqué ! répondit-elle en faisant un clin d'œil à Evie. Et j'ai fini par l'aborder au bar. Il est tellement gentleman, que c'est même lui qui m'a offert un verre !

— Je fais ça pour toutes les jolies femmes qui me disent qu'elles aiment mon scénario, plaisanta-t-il.

Évidemment, ce n'était pas vrai. Griff n'avait jamais invité la moindre femme, évitant toute situation susceptible de le mener sur des chemins qu'il s'interdisait de parcourir. Il ne savait pas ce qui lui avait pris, ce soir-là, lorsqu'il avait fait signe à Cam de lui apporter un verre de vin. Avait-il simplement été flatté qu'elle aime son scénario ? Ou avait-il espéré quelque chose de plus ?

— J'ai vraiment été gonflée ! continua Beverly, inconsciente des pensées de Griff. Je lui ai dit que son scénario était génial. Et, après quelques verres, je lui ai carrément dit *qu'il* était génial ! Je l'ai alors supplié de me donner le rôle, et que s'il refusait, j'irai me jeter sous un train !

— Évidemment, je ne l'ai pas crue, dit Griff. Mais je ne voulais pas prendre le risque... Alors j'ai dit oui. De toute façon, Beverly collait parfaitement au personnage.

— J'adore cette histoire ! déclara Evie. Et c'est là que vous avez décidé de commencer à travailler ensemble sur le script ?

— Pas du tout ! répondit Beverly. Griffin n'avait absolument pas besoin de mon aide. Je me suis juste contentée de lui donner un peu mon point de vue d'actrice, et de l'encourager.

— Elle est modeste, dit Griffin. Mais, en réalité,

Beverly a été d'une grande aide. Je ne m'y attendais pas, mais nous formons une bonne équipe !

— C'est vrai, confirma Beverly en le regardant d'un air tendre.

Griffin sentit à nouveau cette sensation dans son ventre. Cette étincelle dans son âme. Il savait qu'il devait l'ignorer, qu'il ne pouvait y avoir que de l'amitié entre eux. Mais il ne pouvait s'empêcher de repenser à tous les bons moments qu'ils avaient passés ensemble, aux fous rires qu'ils avaient pris, à la manière passionnée avec laquelle elle lui faisait part de ses suggestions, et aux pics qu'ils se lançaient mutuellement pour se taquiner. Mais chacun de ces souvenirs avait une saveur douce-amère, car ils ne faisaient que provoquer en lui une envie qu'il ne pouvait pas satisfaire. Un désir qui ne se réaliserait jamais.

Il en était même venu à espérer que le scénario soit rapidement terminé, car chaque fois qu'elle venait le voir pour discuter des personnages, il se sentait bouleversé. Au moins, se rassurait-il dans ces moments-là, le travail les empêchait de s'épancher sur leur vie et leurs envies. Ils n'avaient pas vraiment le temps de se rapprocher.

Pour Griffin, cela était une bonne chose. Il avait besoin de garder ses distances, d'autant que son désir pour Beverly, qu'il savait ne jamais pouvoir assouvir, le faisait de plus en plus souffrir. Il fut donc extrêmement soulagé lorsque le scénario fut enfin terminé, lui donnant l'occasion de s'éloigner de Beverly, au moins le temps de reprendre ses esprits et de retrouver un peu de calme intérieur.

— Donc il ne nous reste plus qu'à attendre ? demanda Griff à Holt. Le temps de recruter les autres acteurs... ?

— Oui et non, répondit Holt. Ils sont en effet en train de faire passer les castings. Mais ils veulent que le rôle d'Angélique soit renforcé, et ils ont demandé que Bev participe aux révisions. Ils adorent le scénario, attention ! Mais ils veulent que ce film soit un succès.

Il leur lança un large sourire.

— En d'autres termes, reprit-il, ce projet a le potentiel de vous propulser tous les deux au niveau supérieur...

Griffin et Beverly se regardèrent avec un mélange d'étonnement et de joie contenue.

— Je vais organiser une réunion téléphonique pour demain, mais je sais d'ores et déjà qu'ils vont me demander les révisions pour dans une semaine. Peut-être dix jours...

— Aucun problème ! s'exclama Beverly. Je suis même prête à m'installer chez Griff, s'il le faut.

— Euh..., fit Griff en fronçant les sourcils. Je ne pense pas que...

— Très bien ! l'interrompit Holt. J'appellerai Donovan à Apex, tout à l'heure, et lui dirai à quel point vous êtes enthousiastes !

— Ce ne sera pas exagéré ! lui dit Griff, tandis que Beverly prit sa main dans la sienne en le regardant d'un air victorieux.

Mal à l'aise, Griff se leva, retirant sa main de celle de Beverly.

— Peut-être que nous pourrions revoir le scénario ensemble et décomposer les scènes d'Angélique ? lui proposa-t-elle en se levant à son tour.

— Oui ! Parfait ! Mais tu dois être au *Fix* dans seulement quelques heures...

C'était en effet l'élection de Mister Octobre, ce soir-là. Depuis quelques mois, le *Fix* organisait des concours de beauté masculins pour attirer davantage de monde. L'opération avait fonctionné à merveille, et les femmes d'Austin s'arrachaient les billets de la soirée. Pour Griff, l'attrait de ces soirées était surtout Beverly, qui était chargée de les animer. Depuis qu'il savait qu'elle était revenue à Austin pour le rencontrer, il se demandait si elle avait accepté la proposition du *Fix* uniquement dans le but de pouvoir l'approcher ?

Cette possibilité lui plaisait plus qu'elle ne l'aurait dû...

Ce soir-là, Griffin avait une autre raison que Beverly d'aller assister à la soirée. Son coach sportif personnel, Matthew Herrington, concourrait à l'élection de Mister Octobre. Et puis, surtout, après l'élection, le *Fix* avait prévu de diffuser le premier épisode de la série *Réno*

Boutique sur leurs téléviseurs géants. Il s'agissait d'une émission de télé-réalité immobilière, et une saison avait été consacrée à la rénovation du *Fix*, et à l'organisation du concours de beauté qui y avait lieu deux fois par semaine. Griff était devenu très proche des propriétaires, du personnel et des habitués, et il n'avait pas l'intention de rater cette soirée.

— Megan m'a dit qu'elle me maquillerait directement là-bas, l'informa Beverly. Je suis donc libre jusqu'à dix-huit heures, ce qui nous laisse pas mal de temps pour travailler ! Je te retrouve chez toi ?

Griff n'avait plus d'excuses.

— Okay ! Accorde-moi juste une heure, le temps de faire un brin de ménage.

En fait, il avait besoin de temps pour se préparer mentalement à être près d'elle, à sentir son souffle dans son cou lorsqu'elle se pencherait sur lui pour regarder son écran d'ordinateur. Il se dit d'ailleurs qu'il devrait investir dans un deuxième ordinateur...

— Nous avons réussi ! lui dit-elle doucement en le prenant par les épaules. *Tu* as réussi !

C'était vrai. Mais Griff savait aussi qu'il restait encore un long chemin à parcourir. Un long chemin le long duquel il allait devoir côtoyer Beverly de près.

Cela s'annonçait périlleux.

État d'esprit: Mister Novembre

Charismatiques. Dangereux. Terriblement Sexy.
Découvrez les hommes de Stark Sécurité.
En mille éclats
En mémoire de nous
En demi-teinte

Je sais que je ne devrais pas le désirer.

J'aimerais tant ne pas éprouver ce besoin.

Chaque jour qui passe, je prie pour que la douleur si douce de la nostalgie s'efface enfin. Mais elle demeure.

Dès le réveil, je ressens la douleur. Je retombe dans ces souvenirs qui me blessent aussi profondément que la lame d'un couteau. Balayée, la passion. Éradiqué, l'amour.

Autrefois, il y avait un homme qui me désirait. Désor-

mais, il ne reste qu'une plaie noircie, comme la brûlure imprimée dans la terre après une explosion nucléaire.

Dès le réveil, je me raccroche à la colère.

Mais dans mes rêves, je capitule toujours.

Je me convaincs que je suis mieux sans lui. Pourtant, j'ai besoin de lui. De ses compétences. De son aide.

Il ne me reste aucune option. En lui convergent désir et crainte. Je ne peux que prier pour ne pas me briser comme du verre sous le poids de mes regrets.

1

Bâti en 1931, l'hôtel historique Hollywood Terrace régnait en maître sur le célèbre boulevard. C'était l'endroit où voir et être vu. Mais le temps a pris sa revanche et, comme la beauté fanée des starlettes de l'Âge d'Or, le palais Art Déco est tombé en décrépitude. Les élégantes garçonnes ont cédé la place aux hippies et aux Baby Boomers, qui à leur tour ont été remplacés par les Millennials alors que le vingtième et unième siècle succédait inexorablement au vingtième.

Pendant la première décennie du nouveau millénaire, l'icône autrefois majestueuse est restée délabrée, à l'abandon. Sa façade en stuc s'est décolorée en une teinte grisâtre et terne, les fenêtres couvertes de crasse et fendillées, les célèbres jardins envahis par la vermine et les mauvaises herbes.

Le sort réservé aux salles intérieures n'était guère meilleur. La tuyauterie fuyait, gagnée par la moisissure, et les rats détalaient dans les couloirs devant les chats errants qui avaient élu domicile dans les recoins obscurs. Les tapis pourrissaient. Le papier peint tombait en lambeaux. Et une fine couche de poussière recouvrait chaque surface telle une couverture négligée.

Avec la détermination d'un boxeur dans la tourmente, le bâtiment s'est débattu tant bien que mal pour rester digne en dépit des assauts des intempéries, des séismes et de la parade monotone du progrès dont témoignaient de nouvelles devantures flambant neuves. Lorsqu'un ruban jaune sur lequel on pouvait lire *Dangereux* et *Défense d'entrer* fut tendu devant les portes vitrées finement ouvragées, les riverains comprirent que le dernier coup avait été porté.

Puis Scott Lassiter a surgi de nulle part, à la rescousse. En fin de compte, l'histoire du Hollywood Terrace n'était pas un film de boxe. C'était l'histoire d'un renouveau. *My Fair Lady* pour l'hôtel délabré.

Le promoteur immobilier international n'a pas lésiné pour rendre au Hollywood Terrace sa splendeur d'antan, ravivant le joyau qu'il était un siècle auparavant. Il a transformé les salles de conférence de la mezzanine en suite de bureaux privés rien que pour lui, il a installé sa résidence au tout dernier étage et il a complété le tout par une piscine d'intérieur et une salle de bal somptueuse.

Tout le gratin a assisté à l'inauguration en grande pompe, cinq ans plus tôt, et Lassiter a été acclamé en héros par les gros bonnets de la ville. Un faiseur de miracles. Un vrai citoyen, dévoué à la préservation de l'histoire qui avait placé ce coin de la Californie du Sud sur la carte, quand les premiers pionniers armés de caméras s'étaient rassemblés sur cette terre d'aubaines et de soleil.

La fête du siècle a fait les gros titres des journaux dans le monde entier. Étant donné que le tout-Hollywood comptait parmi les invités, l'histoire était trop belle pour ne pas être publiée.

La fête de ce soir était encore plus somptueuse. Des dizaines et des dizaines d'invités occupaient la salle de bal Art Déco soigneusement restaurée, avec ses couleurs vives et ses motifs géométriques. Les revenus combinés des clients internationaux bien nantis faisaient passer la fortune des stars d'Hollywood pour de l'argent de poche d'adolescents. Le champagne millésimé coulait à flots dans des fontaines d'argent pur. Les femmes évoluaient sur les carreaux de marbre en robes de soirée conçues pour mettre en valeur des atouts de nature différente. Quant aux hommes en costume à moins de vingt-cinq mille dollars, ils passaient pour de simples frimeurs.

Ce soir-là, malgré tout ce beau monde auréolé de

pouvoir et d'argent, la presse n'était pas admise dans la salle de bal. Aucun photographe en quête d'images sexy à poster sur Page Six ou Instagram. Au contraire, cette fête était un événement intime, donné par Lassiter dans son fief privé.

Seule une clientèle triée sur le volet y avait été conviée.

Quincy Radcliffe, agent de Stark Sécurité, ne figurait pas sur la liste d'invités. Ou du moins, pas officiellement. Ce qui ne l'empêcha pas de faire signe à un serveur qui passait pour un scotch soda.

Il le sirota lentement, observant d'un œil désintéressé le flot d'hommes en costume et de femmes aux coiffures sophistiquées qui tournaient autour de Lassiter, comme s'ils venaient rendre hommage à un dieu.

Bande de fous aveugles.

Tout ce qu'ils voyaient, c'était l'argent et le pouvoir de Lassiter. Ils ne se doutaient pas que le compte en banque généreux de leur hôte devait moins à son porte-feuille immobilier qu'au pourcentage qu'il prélevait sur le blanchiment d'argent et les programmes de protection.

Scott Lassiter était un connard manipulateur qui avait planté ses serres dans le monde criminel de la pègre. Un jour, Quincy se ferait un plaisir de tirer le tapis sous les pieds de ce bon à rien, s'assurant de lui offrir un panorama bien différent de celui de son appartement luxueux. Avec une dizaine de barreaux à la fenêtre.

Cependant, ce n'était pas au programme de ce soir. Pour l'instant, Lassiter était le moindre de deux maux, et si tout se déroulait comme prévu, ce branleur pathétique le conduirait sans le savoir vers le monstre à la tête d'un trafic d'esclaves sexuelles, le sous-homme au cœur de la mission de ce soir : *Corbu. Marius Corbu.*

— Il est incroyable, n'est-ce pas ?

La blonde aux yeux bruns qui venait de susurrer avait de longs cheveux lisses dans le dos et une frange qui venait effleurer ses sourcils parfaitement arqués. Elle portait une robe dorée vaporeuse et du maquillage si subtil qu'il était presque invisible, à l'exception du trait d'eye-liner noir qui soulignait ses grands yeux de biche et du rouge à lèvres si éclatant qu'il lui faisait penser à une cerise mûre.

— Vous parlez de notre hôte, Monsieur Lassiter ?

Elle gloussa et le champagne clapota dans son verre quand elle fit mine de taper dans ses mains.

— Oh, waouh ! se récria-t-elle comme une adolescente, d'une voix haut perchée. Vous êtes britannique.

— Nom de Dieu, en êtes-vous certaine, ma chère ?

Une fois de plus, elle rit.

— Et vous êtes drôle, avec ça. Non, comment dites-vous en Grande-Bretagne ? *Plaisant.* Vous êtes fort plaisant.

Elle pencha la tête pour le dévisager. Il savait ce qu'elle voyait. Des cheveux noirs, un visage fin et des yeux gris enfoncés. Il portait un costume Ermenegildo Zegna sur mesure, plus cher que sa voiture. D'après son associée, Denise, il était « fabuleusement baisable ».

Apparemment, la blonde était d'accord, parce qu'il vit le moment précis où son air amusé céda le pas à une attitude plus prédatrice.

— J'aime les hommes qui ont de l'humour.

Sa voix était grave, suave.

— Un homme qui rit doit savoir faire d'autres choses intéressantes avec sa bouche.

Elle inclina la tête avec provocation.

— Je m'appelle Desiree. Et vous ?

— Canton, dit-il, lui donnant le nom correspondant à son personnage pour cette mission, un gestionnaire de fonds spéculatif basé à Hong Kong. Robert Canton.

Elle s'approcha de lui d'un pas chaloupé. Sa robe opaque sembla transparente lorsqu'elle s'avança dans une flaque de lumière. Elle était entièrement nue sous le tissu léger et il sentit son corps se contracter, par réflexe et non par désir. Lentement, elle fit courir ses doigts sur le revers de sa veste avant de descendre jusqu'à poser la main sur sa queue. Elle était dure – c'était un humain, après tout. Il n'était pas étonné. L'objet de cette soirée, c'était le sexe. Le sexe tarifé, cru et anonyme. Et il ne restait jamais insensible aux charmes d'une belle femme.

Elle posa sa main libre sur son épaule en se penchant pour murmurer :

— Eh bien, je suis tout à vous, Monsieur Canton. Comme vous le désirez, jusqu'au lever du jour.

Elle mordilla son lobe d'oreille et il se dit que ce serait très facile. Elle était prête à faire à peu près tout — c'était tout l'objectif de cette petite sauterie. Et il avait grand besoin de se détendre un peu.

Certaines opérations étaient plus ardues que d'autres et celle-ci était une vraie galère. Elle lui échauffait la tête. Pire encore, elle lui échauffait le sang. Et elle le consumait lentement comme un poison. Ou plus précisément, comme une mèche allumée. S'il la laissait brûler trop longtemps, il finirait par exploser. Les souvenirs sombres prendraient le dessus, le monstre imposerait son contrôle et...

Nom de Dieu.

— Oh, je crois que c'est un oui.

Elle commença lentement à le caresser.

— Je n'ai jamais baisé d'Anglais et je vous promets que je vaux le coup. Je vous en prie, dites-moi que vous n'avez pas déjà donné votre clé à une autre fille.

Il afficha un léger sourire avant de retirer sa main de son entrejambe.

— Désolé, chérie. Je ne doute pas que vous sauriez me satisfaire, mais ma clé est déjà promise.

— *Peut-être pas*, fit alors une voix de femme à son oreille.

C'était Denise, qui se trouvait en ce moment même sur le toit de l'autre côté de la rue. Ainsi que dans son oreille. Elle entendait absolument tout étant donné que leurs oreillettes étaient en mode VOX.

— *Je n'arrive pas à mettre en place le bras du transmetteur. Je vais devoir rester ici et le positionner manuellement.*

— Nom de Dieu.

— Quoi ? fit Desiree.

— Quel dommage que je ne puisse pas vous inviter dans mon lit ce soir. Mais les règles sont les règles.

Et les règles de cette soirée reprenaient celles des fêtes bourgeoises des années soixante et soixante-dix. En résumé, un homme choisissait une femme en prenant sa clé et il passait la nuit à profiter de son corps, comme l'avait dit Desiree, selon ses moindres désirs jusqu'au lever du soleil.

La beauté de la soirée, du point de vue des hommes, était que toutes les femmes étaient gagnées d'avance. C'étaient des call-girls haut de gamme, grassement payées par Lassiter. Y compris Denise – c'était Candy, son pseudonyme, qui touchait ce généreux salaire.

Quant aux hommes, ils payaient à Lassiter une coquette somme, soi-disant le prix d'une chambre d'hôtel. En réalité, le payement leur assurait le privilège de trouver une Miss Parfaite prête à satisfaire tous leurs fantasmes, leurs lubies et leurs envies les plus spéciales. En prime, ils avaient la satisfaction d'acheter une nuit de sexe sans payer officiellement pour cela.

Quince n'avait pas besoin d'une femme dans sa chambre. Il avait besoin d'une partenaire qui fasse le guet et maintienne l'amplificateur de signal en parfait alignement avec le transmetteur et l'ordinateur de Lassiter. Le transmetteur contre lequel luttait Denny sur le toit voisin ne serait d'aucune utilité s'il ne pouvait pas capter le signal dans sa chambre du troisième étage pour l'amplifier jusqu'au niveau mezzanine, où Quincy pourrait pirater l'ordinateur de Lassiter.

Et bien que Desiree soit disposée à satisfaire ses désirs les plus excentriques, il doutait qu'elle considère comme une forme de fétichisme le piratage du système de Lassiter. D'ailleurs, elle était déjà repartie à la recherche d'un autre propriétaire de clé.

C'est la vie.

— Tu te rends compte que ça pose un problème, murmura-t-il en levant son verre pour dissimuler le mouvement de ses lèvres avant de boire une longue gorgée dont il avait grand besoin.

— *Non, sans blague ? Heureusement que tu es là pour m'expliquer comment ça fonctionne.*

Il réprima un petit rire.

— Du calme, du calme.

— *Tu ne me vois pas, mais je te fais un doigt d'honneur, là.*

— Je te reconnais bien là.

Il s'approcha de la fenêtre afin de lui parler plus facilement, gardant un œil attentif sur les invités dans le reflet tout en faisant mine d'admirer Hollywood en contrebas. Denny était à son poste, perchée sur un ancien grand magasin reconverti en immeuble de bureaux.

— *Fait chier. Je vais utiliser une bande de ruban adhésif pour me rapprocher au maximum de la perfection. Je pourrai revenir illico presto. Tu as besoin de moi dans cette pièce.*

En effet. Mais ils avaient également besoin de pouvoir se fier à la transmission. Cette mission était cruciale pour la force opérationnelle conjointe entre l'Espagne et les États-Unis visant à faire tomber Corbu et son trafic international d'esclaves sexuelles. Stark Sécurité avait été embauché pour gérer cette étape hautement sensible. Une seule mission pour entrer, obtenir et décrypter les coordonnées des nombreux contacts de Lassiter, puis communiquer à la force opérationnelle le protocole nécessaire pour contacter Corbu.

S'il échouait, Stark Sécurité perdrait la réputation qu'ils venaient d'acquérir dans la communauté des renseignements internationaux. Plus important encore, des milliers de vies innocentes étaient en jeu et l'éventail des opportunités était réduit. Comme on le disait à la NASA, l'échec n'était pas une option.

— J'arrive, dit-il.

Il savait très bien qu'elle était compétente, mais il devait essayer.

— Je pourrais peut-être fixer le bras.

— *On n'a pas le temps. Je dois capter le signal dans quinze minutes et tu dois être en poste dans vingt minutes. Passé ce laps de temps, nous sommes foutus.*

Il sortit de sa poche la montre à gousset Patek Philippe qui avait appartenu au père qu'il avait à peine connu. D'une finesse exceptionnelle, elle était toujours à l'heure exacte, mais ce n'était pas pour cette raison que Quincy la portait toujours avec lui. C'était presque religieux, superstitieux.

La Patek Philippe était un souvenir du passé et une mise en garde contre l'avenir.

Elle ne l'induirait jamais en erreur, et en cet instant, elle lui disait que Denny avait raison.

Et merde.

— D'accord, dit-il. Ramène-toi.

C'était un risque énorme, mais l'appareil puissant était conçu pour permettre la transmission et la réception des quantités massives de données nécessaires au logiciel de décryptage performant des services de renseignements. Avec un peu de chance, l'ancre mise en place par Denny autoriserait le transmetteur à capter le signal et à le relayer à l'amplificateur dans la chambre d'hôtel de Quincy. Cet appareil fonctionnait comme un routeur WiFi. Il diffuserait le signal à l'intérieur de l'hôtel, où il serait intercepté par la technologie dont Quincy se servirait pour pirater le système de Lassiter.

Cependant, pour que cela fonctionne, le signal du transmetteur devait atteindre l'amplificateur avec une précision redoutable. Sinon, l'amplificateur relaierait tout et n'importe quoi à Quincy et à son logiciel haut de gamme créé par Stark Technologies Appliquées. La situation n'était pas idéale, mais ils n'avaient pas le choix.

Une fois de plus, il se tourna vers la salle. Il devait savoir où était Lassiter pour pouvoir s'éclipser sans se faire remarquer dans la chambre qui lui avait été attribuée au troisième étage. *Voilà.*

Lassiter se tenait dans un groupe de cinq hommes et deux femmes, sa main dans le dos d'une brune élancée. Les cheveux auburn de la jeune femme tombaient sur ses épaules, et sa robe dos nu très échancrée révélait sa peau lisse, quasiment jusqu'à ses fesses parfaites en forme de cœur. Il y avait quelque chose de très familier chez elle...

Aussitôt, il écarta cette pensée hors de propos.

— Bon, j'ai repéré Lassiter. Je me dirige...

Soudain, elle se retourna et il aperçut son visage.

Il se figea. Pétrifié, comme un arrêt sur image.

Eliza ? Il était impossible que ce soit Eliza.

— *Quince ? fit Denny d'une voix tendue. C'est Lassi-*

ter ? Il se doute de quelque chose ?

— Ce n'est pas Lassiter. Un fantôme.

— *Quoi ?*

C'était forcément un fantôme. La femme aux cheveux auburn et aux yeux bleu clair. La femme dont les fossettes avaient fait battre son cœur.

La femme qu'il avait adorée. Dont le parfum s'attardait encore dans ses rêves.

La femme qu'il avait aimée plus passionnément qu'il l'aurait cru possible. Et qui, à présent, devait le haïr plus qu'il ne pouvait l'imaginer.

Il était improbable que cette femme se trouve à une soirée telle que celle-ci. Impossible.

Vraiment ?

Mon Dieu, mais dans quoi était-elle venue se fourrer ?

Sans en avoir conscience, il s'approcha d'elle. Ses longues enjambées franchirent la distance qui les séparait tandis que Denny poursuivait, à son oreille :

— *Que se passe-t-il ? Bon sang, j'arrive. On se retrouve à la chambre dans quatre minutes.*

Il savait qu'il aurait dû se retourner. Il y avait trop d'enjeux dans cette mission. Les vies et la liberté d'un trop grand nombre d'innocentes qui seraient prises au piège du trafic sexuel roumain. Plusieurs milliers de victimes tourmentées, y compris une fille de treize ans, angélique et terrorisée.

C'était après son enlèvement que la force opération-nelle européenne était entrée en action. Fille du prince-régent de l'une des plus petites monarchies européennes, la princesse avait été enlevée à l'occasion d'une sortie scolaire. Son père avait fait appel au chef de la force opérationnelle, un ancien camarade de l'Université d'Eaton, ouvrant les énormes coffres de la monarchie pour financer les mises en œuvre nécessaires afin de retrouver la fille et anéantir le trafic de Corbu.

Quincy frissonna quand l'image d'une autre adolescente lui apparut. *Shelley*. Ses yeux pleins de confiance. Ses sanglots étouffés. Et ses propres cris de terreur et d'impuissance alors qu'une douleur explosive le dévastait et que le monde s'effondrait autour de lui.

En cet instant, il savait ce qu'il avait à faire.

— Reste sur le toit, ordonna-t-il à Denny.

— *Quoi ? Mais...*

— Fais-moi confiance. Je gère.

Il avait été trop faible pour sauver Shelley.

Il l'avait laissé tomber. Il avait échoué.

Il était hors de question qu'il échoue à nouveau.

Même si pour cela, il devait intégrer Eliza Tucker dans ce projet aberrant.

Charismatiques. Dangereux. Terriblement Sexy.

Découvrez les hommes de Stark Sécurité.

Envie d'en découvrir plus ? Voici un extrait du premier tome de la série de l'Ange déchu
MON ANGE DÉCHU
MON DOUX PÉCHÉ
MA CRUELLE RÉDEMPTION

———

**Charismatique. Sûr de lui.
Puissant. Autoritaire.**

Investisseur brillant qui change en or tout ce qu'il touche, Devlin Saint est parti d'un modeste héritage pour décrocher des milliards. À présent, il est à la tête de l'un des organismes de bienfaisance les plus en vue sur la scène internationale. C'est un homme déterminé à aider les plus démunis, à combattre l'injustice et à rendre le monde meilleur. C'est du moins une partie de la vérité.

Mais ce n'est pas toute la vérité.

Parce que Devlin Saint cache un secret redoutable. Et il est prêt à tout pour le protéger. Quand Ellie Holmes, journaliste d'investigation, s'intéresse à un meurtre non résolu, elle se retrouve empêtrée dans un nœud d'intrigues et de passion, tandis que Devlin se rapproche dangereusement. Mais alors qu'entre eux, l'intensité et la sensualité montent en flèche, les soupçons d'Ellie suivent la même courbe. Jusqu'à ce qu'elle en vienne à douter de l'authenticité de leur relation torride, craignant qu'il ne s'agisse que d'une façade derrière laquelle il cache des secrets sombres et tortueux.

MON ANGE DÉCHU
MON DOUX PÉCHÉ
MA CRUELLE RÉDEMPTION

CHAPITRE 1

Le vent me cingle le visage et le soleil de l'après-midi m'éblouit alors que je descends le long tronçon de Sunset Canyon Road, à plus de cent soixante à l'heure.

Mon cœur bat la chamade et mes paumes sont

moites, mais ce n'est pas à cause de la vitesse. Au contraire, c'est exactement ce dont j'ai besoin. L'adrénaline. Le frisson. Je suis une vraie droguée, et ces sensations m'affectent comme une surconsommation de sucre chez un enfant en bas âge.

Honnêtement, je dois mobiliser toute ma volonté pour ne pas mettre ma Shelby Cobra 1965 à l'épreuve et faire monter son puissant moteur dans les tours.

Cela dit, je ne peux pas. Pas aujourd'hui. Pas ici.

Parce que je suis de retour, et mon retour à la maison a réveillé des papillons dans mon ventre. Chaque virage de cette route me rappelle des souvenirs. Des larmes m'obstruent la gorge et j'ai les entrailles nouées.

Bon sang.

J'écrase la pédale d'embrayage, appuie sur le frein et passe au point mort tout en décrivant une embardée sur la gauche. Les pneus protestent dans un crissement tandis que je fais demi-tour, m'engageant sur la voie inverse. L'arrière de la voiture décroche dans un dérapage, avant de s'arrêter pile en droite ligne. J'ai le souffle court, et honnêtement, je crois que ma Shelby aussi. C'est plus qu'une voiture pour moi, c'est la meilleure amie de toute une vie, et en temps normal, je ne la pousse pas autant.

Maintenant, cependant...

Eh bien, maintenant, elle est dangereusement proche du bord de la falaise, toute son aile du côté passager parallèle avec le vide. De là, j'ai une vue imprenable sur la côte, dans le lointain. Sans parler d'un magnifique aperçu du petit centre-ville en contrebas.

Je tire sur le frein à main, le cœur dans la gorge. Ce n'est qu'une fois certaine que nous n'irons pas dévaler à flanc de falaise que je coupe le moteur de la Shelby, essuie mes paumes moites sur mon jean et autorise mon corps à se détendre.

Bien le bonjour, Laguna Cortez.

Avec un soupir, je retire ma casquette de baseball, laissant mes boucles foncées rebondir librement autour de mon visage, jusque sur mes épaules.

— Ressaisis-toi, Ellie, murmuré-je avant de prendre une profonde inspiration.

Pas tant pour le courage – je n'ai pas peur de cette ville –, mais pour la maîtrise de mes nerfs. Parce que Laguna Cortez m'a déjà mise à terre, autrefois, et il va me falloir toutes mes forces pour arpenter à nouveau ses rues.

Encore une respiration, puis je sors de la voiture. Je rejoins le bas-côté de la route. Il n'y a pas de parapet, et de la terre ainsi que quelques pierres dévalent le talus lorsque je m'arrête tout au bord, presque en équilibre.

En dessous, des rochers dentelés dépassent des parois du canyon. Plus bas, les arêtes saillantes s'adoucissent pour former une pente douce avec des maisons diverses nichées parmi les rochers et les broussailles. Les toits de tuiles suivent la route sinueuse qui mène au quartier des arts. Lovés dans la vallée, encadrée sur trois côtés par des collines et des gorges, les lieux s'ouvrent sur la plus grande plage de la ville qui attire un flux constant de touristes et de locaux.

Pour tout le monde, Laguna Cortez est l'un des joyaux de la côte Pacifique. Une ville à l'atmosphère décontractée, avec un peu moins de soixante mille habitants et des kilomètres de plages de sable et de galets.

La plupart des gens donneraient leur bras droit pour vivre ici.

En ce qui me concerne, c'est l'enfer.

C'est ici que j'ai perdu mon cœur et ma virginité. Sans parler de tous mes proches. Mes parents. Mon oncle.

Et Alex.

Le garçon que j'aimais. L'homme qui m'a brisée.

Il ne reste plus personne ici, pour moi. Ma famille, tous sont morts. Et Alex est parti depuis longtemps.

Moi aussi, je me suis enfuie, impatiente d'échapper au poids du deuil et à l'aiguillon de la trahison. Je me suis juré de ne jamais remettre les pieds ici.

Et je croyais résolument que rien ne me ferait revenir.

Or à présent, dix ans plus tard, me revoilà, ramenée en enfer par les fantômes de mon passé.

Blackwell-Lyon Sécurité
Nos adorables mensonges
Nos drôles de jeux
Nos belles erreurs
Nos plus beaux rôles

Je ne crois pas aux relations, mais je crois à la baise.

Pourquoi, me demandez-vous ? Bon sang, je pourrais écrire un bouquin. *Petit Guide vers le succès financier, émotionnel et professionnel.* Mais franchement, pourquoi s'embêter avec un livre alors que la thèse entière se résume à cinq mots : Ne vous engagez pas. Baisez.

Écoutez-moi bien.

Les relations, ça prend du temps, et quand vous essayez de lancer votre société, vous devez consacrer chaque heure de votre vie au travail. Vous pouvez me croire. Ça fait quelques mois que mes amis et moi avons créé Sécurité Blackwell-Lyon, et nous bottons des culs vingt-quatre heures sur vingt-quatre et sept jours sur sept. Missions, réunions, et développement d'une solide base de clients.

Nos engagements s'avèrent payants. Je vous garantis que notre tableau de service ne serait pas aussi bien rempli si je passais une grande partie de mon précieux temps de travail à répondre aux messages d'une petite amie qui manquerait de confiance et me demanderait pourquoi je ne lui envoie pas de sextos toutes les dix minutes. Alors, zappez les relations amoureuses et vous verrez vos affaires prospérer.

Et puis, les coups d'un soir n'exigent pas de cadeaux ni de fleurs. Un verre et un dîner, peut-être, mais de toute façon, il faut bien manger, non ? Un déjeuner gratuit, ça n'existe peut-être pas, mais on peut très bien baiser à l'œil.

En fait, ce sont les avantages émotionnels qui m'intéressent le plus. Pas besoin de marcher sur des œufs parce que madame est d'humeur casse-pied. Pas de piège parce qu'elle exige de savoir pourquoi j'ai préféré la soirée poker au dernier mélo à l'eau de rose avec un acteur métrosexuel bronzé coiffé d'un chignon. Pas d'inquiétude à se demander si elle se tape un autre type quand elle ne répond pas à ses messages.

Et surtout, finis les gouffres abyssaux de chagrin quand elle rompt vos fiançailles deux semaines avant le mariage parce que, tout compte fait, elle ne sait plus trop si elle vous aime.

Non, je ne suis pas amer. Plus maintenant.

Mais je suis lucide.

La vérité, c'est que j'aime les femmes. Leur rire. La sensation de leur corps. Leur parfum.

Je prends mon pied en leur procurant du plaisir. Quand elles se liquéfient dans mes bras et me supplient de leur en donner plus.

Je les aime, certes. Mais je ne leur fais pas confiance. Et je ne me ferai pas baiser une seconde fois.

Pas comme ça, en tout cas.

Alors voilà. C.Q.F.D.

Je ne fais pas dans les relations. J'ai des histoires d'un soir. Je mets un point d'honneur à offrir à chaque femme qui partage mon lit l'aventure de sa vie.

Mais c'est un chemin à sens unique et je ne reviens pas en arrière.

C'est ma façon de faire. J'ai arrêté les relations il y a longtemps.

Alors, quand je me gare devant le Thym, ce nouveau restau à la mode dans le quartier huppé de Tarrytown, à Austin, et que je remets mes clés au voiturier, je m'attends à la procédure habituelle. Des bavardages sans conséquence. Quelques apéritifs. Un peu trop d'alcool et l'adrénaline qui l'accompagne. Puis un saut dans mon appartement du centre-ville pour un peu d'action en milieu de semaine.

Or, au lieu de ça, je tombe sur *elle*.

J. Kenner

J. Kenner (alias Julie Kenner) est une auteure de best-
sellers internationaux figurant aux classements des journaux *New York Times*, *USA Today*, *Publishers
Weekly* et *Wall Street Journal*. Elle a écrit plus d'une
centaine de romans, de romans courts et de nouvelles
dans toutes sortes de genres littéraires.

Selon *Publishers Weekly*, JK est une auteure qui a un
« don pour le dialogue et la création de personnages
excentriques », et le *RT Bookclub* estime qu'elle a su «
répondre aux besoins du marché en créant des antihéros
scandaleusement attirants et dominateurs, et des femmes
qui fondent pour eux. » Six fois finaliste de la presti-
gieuse récompense RITA (*Romance Writers of America*),
JK a remporté son premier trophée RITA en 2014 pour
son roman *Claim Me* (tome 2 de sa trilogie *Stark*) et le
second en 2017 pour son roman *Wicked Dirty*. Elle a

vendu des millions de livres, publiés dans plus de vingt langues.

Au cours de sa précédente carrière, JK a exercé comme avocate en Californie du Sud et au Texas. Elle vit actuellement dans le centre du Texas, avec son mari, ses deux filles et deux chats plutôt lunatiques.

Visitez son site web pour en savoir plus et pour entrer en contact avec JK sur les réseaux sociaux !

www.jkenner.com

Bulletins d'information de JK

Abonnez-vous à la newsletter de l'édition française de JK pour des informations sur les sorties en français, les apparitions en France, et plus encore. Cliquez ici pour vous abonner afin de ne rien manquer! Newsletter en français:

https://www.juliekenner.com/nouveaux-livres/